LE
BERCEAU
DE
LA FRANCE.
I. PARTIE.

LE BERCEAU DE LA FRANCE.

PREMIERE PARTIE.

A LA HAYE,

Chez ISAAC BEAU-REGARD, dans le Hooſt-Strart.

M. DCC. XLIV.

AVIS
AU LECTEUR.

LA France que l'on voit aujourd'hui ſi riche, ſi belle, peuplée de tant de millions d'Habitans, & policée par des loix ſi ſages, a eu ſon tems de barbarie comme toutes les autres contrées du monde.

Oubliez, s'il ſe peut, Paris cette ſuperbe Capitale, ces Palais enchantés, ſéjour de nos Rois, & dignes des Dieux; ces Temples dont la magnificence vous éblouit; imaginez-vous voir en la place de ces Tours orgueilleuſes, dont la hauteur ſemble ménacer le ciel, de ces Edifices ſuperbes, de ces jardins délicieux qui embelliſſent de toutes parts les rivages de la Seine ; imaginez-vous, dis-je, voir des cavernes épouventables, des déſerts affreux, des bois d'une hauteur terrible, retraite des Monſtres, ou quelques miſérables cabanes, habitées par des Sauvages, répandus ça & là dans les bois, ne ſuivant que la nature & leurs paſſions pour guides, vivant de glands ou de quelques autres fruits, que la terre leur produit d'elle-même ſans être cultivée.

Préparez-vous à voir ces Françoiſes aujourd'hui ſi délicates, qui oſent à peine riſquer leur viſage à un rayon du Soleil, & qui ne ſortent que dans des Chars dorés, couvertes de pierreries & d'étoffes ſuperbes; préparez-vous à les voir coucher nuës au milieu des Forêts, expoſées aux rigueurs de toutes les ſaiſons, ſous des Cabanes faites de leurs mains.

Que les tems ſont changés! Pliez votre imagination à toutes ces choſes, ou ne lisez pas cette Histoire ; car voilà la carriere que je vais courir, & où je veux vous transporter.

On lit tous les jours les voyageurs avec plaisir, nous aimons voir des François aller policer une partie de l'Amérique, & lui donnant le nom de nouvelle France, lui faire adopter nos mœurs & nos usages ; on ne sera peut-être pas fâché d'apprendre que nous n'avons fait en faveur de ces peuples barbares, que ce que d'autres peuples ont faits autrefois pour cette France que nous habitons.

Avec quelle curioſité les habitans de Quebec, déja ſi différens de ce qu'étoient leurs Ancêtres, ne liront-ils pas un jour l'Hiſtoire des premiers François qui les ont tirés de la barbarie ? Pourront-ils s'imaginer dans les ſiécles à venir, que leurs Peres, le corps peint de différentes couleurs, ou couverts de peaux, vivoient ſous des Cabanes ?

Paris, & toute la France, va ſe trouver dans le même cas, & ſe voir à ſon Berceau ; peut-être traitera-t-elle de fable ſon origine, & refuſera-t-elle à l'Egypte qu'elle regarde à préſent comme barbare, la gloire de l'avoir civiliſée: mais qu'elle ſe ſouvienne que les Egyptiens ſont les peuples les plus anciens de la terre.

On voit aiſément que l'Hiſtoire de France que je donne ici au Public, ne peut faire aucun tort à celles qui ont paru juſqu'à préſent, & qu'elles ne peuvent nuire à la mienne ; je finirai où les plus anciens commencent ; il y aura bien du malheur ſi je paſſe pour plagiaire, ou ſi je me rencontre avec quelques-uns de nos Ecrivains modernes.

Quant à la façon dont les Mémoires sur lesquels je travaille sont parvenus jusqu'à moi, comme la chose est possible, & que d'ailleurs on pourroit fort bien s'aviser de ne pas ajoûter foi à ce que j'en dirois, je garderai le silence sur cet article; je les tiens de source, qu'on daigne m'en croire sur ma parole : il seroit trop long de raconter comment ils furent sauvés de l'incendie de la fameuse Bibliothéque de Ptolomée Philadelphe, qui en faisoit si grand cas, qu'il les acheta cent mille écus d'un Marchand

Gaulois ; le Traducteur n'en aura pas tant : voilà ſans contrédit la vérité la plus incontestable de toute cette Hiſtoire.

LE

LE BERCEAU DE LA FRANCE.

LIVRE PREMIER.

L'Ambitieux Sésostris * ce Héros de l'ancienne Egypte, eût mérité le nom de Grand, si après avoir vaincu ses

* Sésostris Roi d'Egypte le premier de la XIX. Dynastie, commença à regner a Diospole l'an 1005. avant J. C. Il prit Jerusalem du regne de Roboam, fils de Salomon.

ennemis, il eût pu se vaincre lui-même; mais cette Victoire suit rarement celle des plus grands Conquérans.

Il n'eut pas plutôt fait tirer son Char de triomphe par quatre Rois, le sceptre en main & la couronne en tête, que tranquille dans ses Etats, il se livra avec plus de fureur que jamais à toutes ses passions; rien ne fut sacré pour ce voluptueux Monarque, amoureux de toutes les belles femmes qu'il voyoit; sans égard pour le rang que leur naissance leur donnoit à sa Cour, il les faisoit enlever, & conduire dans son Palais.

Un des principaux Seigneurs de Memphis, que l'Histoire ancienne appelle Ichménis, marié depuis peu à une jeune Egyptienne des plus aimable, nommée Sybarie, pour qui sa tendresse étoit sans égale, eut la douleur de la voir enlevée de ses bras pour être conduite dans ceux de Sésostris; Ichménis transporté d'indignation à la vuë de son infamie, conçut le dessein de s'en venger.

La même insulte faite à Ramasses, son pere, la seconde année de son mariage, environ vingt-ans auparavant, & sa mort, ou l'éxil inconnu où il languissoit depuis ce tems, avoient déja plus d'une fois porté ce jeune Seigneur à délivrer sa Patrie du Monstre qui la gouvernoit.

Bien résolu d'exécuter ce desſein, il ſuivit les cruels raviſſeurs de Sybarie ; s'introduiſit ſecrettement dans la ſale où le Roi étoit venu recevoir ſa nouvelle conquête ; le poignard étoit déja levé, quand Ichménis fut tout-à-coup arrêté par les gardes du Prince, il n'eut que le tems de voir les larmes qui couloient des yeux de ſa tendre épouſe ; entraîné par des ſoldats, miniſtres des cruautés de cet impérieux Monarque, il fut conduit ſur le champ dans une Tour, d'où il ne fut tiré que pour être condamné à un éxil perpétuel.

Que l'amour eſt à craindre, quand il s'eſt emparé du cœur d'un Souverain à qui rien ne réſiſte, & qui n'écoute que la voix de ses passions! La vertu se trouve-t-elle dans un Grand, elle en reçoit un nouvel éclat; mais le crime par de nouvelles forces redevient plus redoutable dans un homme puissant; si la rigueur des loix sert de frein aux hommes ordinaires, le plaisir de les violer impunément en est un grand pour les tyrans.

Ichménis eut ordre de sortir d'Egypte; sans cesse occupé de Sybarie qu'il laissoit exposée aux brutalités de Sésostris, il partoit suivi de quelques amis fideles, sans charger son Vaisseau de mille choses qui pouvoient lui être utiles dans les déserts qu'il étoit résolu d'aller habiter; mais ceux qui eurent assez de générosité pour s'embarquer avec lui y pourvurent, & mirent dans le Vaisſeau des Livres, & généralement tout ce qu'ils crurent pouvoir charmer les ennuis & la ſolitude de cet infortuné.

Ce malheureux Prince s'éloignoit à regret de l'Egypte; il ne put retenir ſes larmes à la vuë du rivage qui ſembloit fuir ſes yeux pour jamais; non qu'il regrettât le Royaume de Séſoſtris, ſes pleurs ne couloient que pour Sybarie qu'il y laiſſoit. Dans la douleur mortelle qui le conſumoit, il conjura le Ciel & les vents de le conduire dans les déſerts que ſon pere habitoit, s'il vivoit encore, & de réünir deux malheureux dignes d'un meilleur ſort ; le Ciel exauça ſes vœux.

Cet illuſtre infortuné étoit à peine en pleine mer, qu'il fut joint par des meurtriers qui avoient ordre de le faire périr avec les ſiens ; le tyran avoit cru devoir l'immoler ſecretement à ſa sûreté ; le moindre de ſes ſujets eſt à craindre pour un Roi coupable. Ichménis ſe deffendit quelque tems avec beaucoup de valeur ; forcé enfin de céder au nombre, c'étoit fait de ſa vie, quand un Vaiſſeau vint à ſon ſecours ; il le crut d'abord chargé d'autres miniſtres des cruautés de ſon redoutable ennemi, tout effraye les malheureux; mais il fut agréablement ſurpris, quand il s'apperçut qu'on prenoit ſa défenſe; les meurtriers contraints de céder à leur tour, furent tous maſſacrés; & Glaphyr vainqueur paſſant ſur le bord d'Ichménis, le meilleur de ſes amis, lui dit, que ménacé d'un ſort ſemblable au ſien, par les charges brillantes que Séſoſtris venoit de lui donner à l'armée, après de tendres regards, échapés pluſieurs fois ſur ſon épouſe Aménophie, au lieu de ſe rendre aux ordres du Monarque, comme il lui avoit promis, il fuyoit avec ſa femme, & ce qu'il avoit pu ramaſſer à la hâte des richeſſes immenſes qu'il poſſedoit, réſolu d'aller avec un ami ſi cher, habiter quelque contrée éloignée de l'Egypte, en attendant que la mort ait délivré leur Patrie du tyran qui lui donnoit des Loix.

Ichménis quoique plongé dans la tristesse la plus profonde, marqua quelque joie de cet événement; mais il n'eut pas plutôt fait réfléxion, que Glaphyr plus heureux que lui amenoit Aménophie, qu'il s'abandonna à la tristesse.

Comme les vainqueurs continuoient de jetter dans la Mer tous les Egyptiens qui se trouvoient sur le Vaisseau ennemi, pour que pas un ne pût retourner à la Cour; un vieux Pilote demanda avec tant d'empressement la permission de parler à Ichménis, pour lui confier un secret qui l'intéressoit, qu'on le lui conduisit : ce misérable lui promit que s'il vouloit lui accorder la vie, il le conduiroit dans le désert inhabité où il avoit débarqué son pere vingt ans auparavant, par ordre de Sésostris.

Le fils de Ramasses transporté de joie à cette heureuse nouvelle fit aussi-tôt mettre ce Pilote en liberté, persuadé que les Dieux étoient trop justes pour n'avoir pas pris soin de la vie de son pere.

On fit voile du côté du Nord, & après une navigation assez heureuse, on arriva sur les côtes de France, pays alors barbare & inconnu ; ils entrerent dans un espéce de Port, près l'endroit où ils jetterent depuis les premiers fondemens de Marſeille, à qui ils donnerent alors le nom de nouvelle Memphis.

Le payſage de ce déſert n'offrit rien de triſte aux yeux des Egyptiens; ils le trouverent même aſſez riant, & le choiſirent volontiers pour le lieu de leur retraite.

Quand Ichménis vit ſur le rivage Aménophie ſauter au col de Glaphyr, & lui témoigner par ſes careſſes, qu'elle ne regretoit rien puiſqu'elle avoit le bonheur de le poſſeder; Ah! Sybarie, s'écria-t-il, à haute voix, Sybarie, ma chere Sybarie, où êtes-vous? Puis ſe tournant vers ſon ami, qui attendri de ce ſpectacle s'éforçoit de le conſoler.

« Hélas, lui dit-il, que vous » jouiſſez d'un ſort heureux, & » différent du mien ! Tout ce qui » pouvoit vous rendre l'Egypte » aimable, ſe trouve ici avec » vous ; vous n'y laiſſez que l'in- » fâme Séſoſtris, pourriez-vous » la regreter ? Oublions là donc » cette Egypte, puiſqu'il le faut, » & quoi qu'il m'en puiſſe coû- » ter, oublions avec elle toutes » les horreurs dont nous y fumes » tant de fois les témoins, ou ne » nous en ſouvenons que pour » les bannir de cette partie de » l'Univers ; que ces vaſtes Con- » trées qui nous environnent, & » dont nous ſommes peut-être

» les ſeuls êtres vivans, puiſſent
» ſe reſſouvenir long-tems qu'ha-
» bitées dans leur premiere ori-
» gine par d'illuſtres malheureux,
» ils n'y apporterent que des ver-
» tus. »

Après cette courte harangue, Ichménis fit le dénombrement de cette petite Colonie, qui ſe montoit environ à cent perſonnes; les premiers ſoins des Egyptiens furent de défricher les terres pour y ſemer du bled, dont ils ſe trouvoient une proviſion raiſonnable, & des outils propres à cet uſage; ils dreſſerent auſſi des tentes pour ſe loger, & mettre à couvert tout ce qu'ils avoient apportés.

Pendant qu'on étoit occupé

à ces différens ouvrages, Ichménis conduit par l'espérance de retrouver son pere, s'enfonça dans les terres, suivi de Glaphyr pour qui il avoit toujours eu l'amitié la plus tendre; après avoir marché assez long-tems avec une ardeur incroyable, sans rencontrer ni entendre personne, de dessus une petite Colline, ils firent faire à leurs yeux le tour de l'Univers, & découvrant une étenduë immense de pays entierement couvert de Forêts: « Ce ne sont pas là, dit Glaphyr, » les environs de Diospole, ni » ceux de la superbe Memphis; » quelle différence de ce calme » profond, avec le bruit tu» multueux de ces grandes Vil» les. »

Ichménis qui n'entendoit jamais parler de l'Egypte ſans s'attendrir, pouſſa quelques ſoupirs, & pourſuivant ſon chemin à travers un petit bois, il apperçut une biche blanche, & à quelques pas de là, un reſpectable vieillard couvert de peaux, qui loin de fuir vint à eux.

Quelle fut leur ſurpriſe à cette vuë ! leur étonnement redoubla conſidérablement, lorſqu'ils l'entendirent parler leur langue ; mais il n'y eut plus à s'y méprendre, quand cet inconnu reconnoiſſant ces étrangers à leurs habits pour être Egyptiens, leur demanda en ſoupirant, des nouvelles de la Cour de Séſoſtris, dont il étoit, dit-il, éxilé depuis vingt ans.

Ichménis ſentit bien au trouble de ſon cœur, que le Ciel avoit écouté ſes vœux, & qu'en lui enlevant une épouſe, il lui rendoit un pere. « Seroit-ce vous » illuſtre Ramaſſes, lui dit-il ? » En quel lieu ? En quel état vous » retrouvai-je, & en quel état » revoyez-vous vous-même le » malheureux Ichménis ? » Au mot d'Ichménis le vieillard répandit des larmes de joie, & ſautant au col de ſon fils, remercia les Dieux de ce qu'ils lui rendoient un enfant, dont la naiſſance lui avoit été ſi chere.

Après les premieres marques réciproques de l'amitié la plus tendre, Ramaſſes conduiſit les deux jeunes Egyptiens ſous un rocher voiſin, qui creuſé par la nature formoit une demeure plus propre à ſervir de retraite à quelques animaux qu'à un homme. « Vous ne trouvez ici, dit-il à » ſon fils, en l'introduiſant dans » cette caverne, ni les riches » portiques, ni les colonades de » porphire, qui ſervoient d'avenuë » au palais ſuperbe que j'ai fait » bâtir à Memphis avec tant de » dépenſe dans des tems plus heu» reux; ici tout eſt l'ouvrage de » la nature, & j'éprouve depuis » vingt années, que l'on peut vi» vre content ſans ces magnifi» ques inutilités. »

Après ce peu de paroles il leur offrit quelques fruits, & quand Ichménis lui eut raconté comment & pourquoi il avoit quitté l'Egypte, où il laissoit la plus aimable de toutes les femmes;

« Hélas! reprit Ramasses, la » même raison fut cause de ma » disgrace, au commencement » du regne de Sésostris; ce jeune » Monarque qui faisoit ordinai- » nairement sa demeure à Diospole, vint un jour à Memphis, dont il m'avoit fait depuis peu Gouverneur; ses bienfaits furent toujours les avancoureurs de ses cruautés; je le » reçus en Roi dans mon Palais, » que cet honneur me coûta cher! » Non que je regreta les dépenses immenses que je fis en cette » occasion, & dont vous avez » sans doute entendu parler; heu-

» reux s'il ne m'en eût coûté que » tous mes biens ! mais ce n'est » pas ce qui flate toujours le plus » un jeune Monarque riche & » puissant ; votre mere Alphenire » qui jouissoit alors de tous les » agrémens de la jeunesse, & qui » effaçoit par la douceur de ses » traits & l'éclat de ses yeux, ce » que Memphis, & peut-être » toute l'Egypte avoit de plus ai- » mable, plut à Sésostris ; & vous » sçavez que lui plaire, & être » deshonorée, est l'ouvrage d'un » moment : ce Monarque impé- » rieux en mon propre Palais, » ordonna aux exécuteurs de ses » ordres cruels, de conduire Al- » phenire dans l'appartement » qu'il occupoit ; j'adorois votre

» mere, l'amour étouffa le respect que je devois à mon maître. Je parlai ; mais bientôt » entraîné moi-même dans un » Vaisseau, je fus conduit en » éxil aux extrémités de la terre, & vous êtes les premiers » malheureux que les vents ayent » jettés sur ces rivages depuis » vingt ans ; mais parlez, comment Alphenire est-elle morte ? Les Dieux qui m'ont appris son trépas, m'en ont laissé » ignorer toutes les circonstances.

» Je ne l'ai jamais vuë, répondit Ichménis, elle mourut de » douleur entre les bras de Sésostris, le jour même qu'elle vous » fut ravie ; le Roi pour ne se

» pas rendre odieux à ſes peu-
» ples, cacha ou crut cacher cet
» évenement ; ces lâches flateurs
» dont les Cours ſont toujours
» pleines, publierent que la mort
» inopinée d'Alphenire vous
» avoit fait abandonner Mem-
» phis pour vous réléguer dans
» quelques ſolitudes inconnuës ;
» le Roi blâma hautement votre
» conduite, prit ſoin de ma jeu-
» neſſe, me combla de nouveaux
» bienfaits, & m'atacha à ſa per-
» ſonne.

» Je commençois à goûter avec
» Sybarie, dont vous connoiſſez
» ſans doute l'illuſtre origine, les
» douceurs d'un heureux maria-
» ge, quand par une injuſtice
» égale à celle que vous éprou-

» vâtes, je fus éxilé dans ces climats où les vents, nos Dieux, & le Pilote qui vous y débarqua, m'ont conduit ; mais vous qui habitez les déserts depuis si long-tems, apprenez-nous si seul en ces vastes Contrées, vous n'eutes jamais d'autre compagnie que celle des animaux ?

» Ce rivage, reprit Ramasses, en poussant un profond soupir, est inhabité ; mais plus avant dans les terres, on trouve des Sauvages, qui adorent comme nous le Soleil & la Lune ; mais ne suivant de loix que celles que leur imposent leurs passions, sans cependant être cruels, ils vont nuds &

» n'ont d'autres demeures que les » Forêts, où ils construisent des » Cabanes; tous ceux que j'ai » connus vivent des fruits de la » terre.

» Ils n'ont pour toutes occu- » pations qu'une espéce de chasse » qui fait leur unique exercice; » ce sont des femmes qu'ils pour- » suivent sans cesse avec tant » d'ardeur, en ces climats où la » nature est encore brute; elles » font société à part, & n'ont » commerce avec les hommes, » que quand ils peuvent les join- » dre à la course, ou les surpren- » dre quelque part endormies; » elles sont si sauvages qu'on ne » peut les apprivoiser. Il ne faut » cependant pas aller chercher

» bien loin, quoiqu'elles fuient » les hommes, elles ne laiſſent » pas de bâtir leurs Cabanes au- » tour des leur, & de ſe trou- » ver dans les endroits où elles » ſçavent les rencontrer; je crois » même qu'elles feignent ſouvent » de doux ſommeils au bruit des » Chaſſeurs, pour leur abandon- » ner le ſoin de leur reveil; la » réſiſtance dont elles ſont quel- » quefois capables, prouve que » quand elles cédent, leur foi- » bleſſe vient plus de leur cœur » que de leur corps, & que leur » défaite n'a rien d'affreux pour » elles.

» Quand je fus abandonné ſeul » ſur ce rivage, où mes bourreaux » moins cruels que leur maître

» aimerent

» aimerent mieux me laisser que » de me faire périr, comme ils en » avoient l'ordre, je marchai au » hazard à travers ces Forêts im» menses : après les avoir par» couruës quelque tems, au com» mencement du troisiéme jour, » j'apperçus une Méonide * qui » nuë, & les cheveux épars fuyoit » devant un homme qui la pour» suivoit; il la joignit bientôt, » & des feuillages les déroberent » à ma vuë.

» Ne pouvant plus douter que » ce pays ne fût habité, je réflé» chis un moment à la conduite » que je tiendrois avec ces bar» bares ; incertain si je devois

* Mot Egyptien qui signifie femme.

» lier amitié avec eux, ou cher-
» cher quelque ſolitude inhabi-
» tée.

» Deux Sauvages qui m'abor-
» derent me tirerent d'embarras ;
» quoique je ne les entendis pas,
» je liſois dans leurs yeux, & ſur
» leurs viſages l'étonnement que
» je leur cauſois ; ils touchoient
» tous mes habits les uns après les
» autres, puis ſe regardant mar-
» quoient leur ſurpriſe ; ils me
» firent ſigne de les ſuivre, me
» conduiſirent dans leurs Caba-
» nes, & m'offrirent des fruits.

» Ne trouvant rien de farou-
» che dans la façon de vivre de
» ces hommes, je réſolus de de-
» meurer avec eux ; peu à peu
» je me fis entendre, & bientôt

» leur langage me devint aſſez
» familier.

» Je n'avois pour tout amuſe-
» ment que le livre divin de
» Mercure, ſur l'origine des
» Sciences & des Arts; étoit-ce
» une occupation qui pût rem-
» plir tous mes loiſirs? J'étois
» jeune, & un jeune homme n'a-
» t-il que ſon eſprit à ſatisfaire?

» Emporté par des deſirs vio-
» lens, je ſuivis un jour les Sau-
» vages à la chaſſe, à deſſein de
» joindre quelque Méonide; la
» ſageſſe ne nous garantit pas
» toujours des foibleſſes de notre
» cœur. J'en apperçus une qui
» couchée négligemment dor-
» moit ſous un rocher, un de
» ſes beaux bras étoit paſſé ſur

» ſa tête, & ſa chevelure cou-
» vrant une partie de ſon ſein en
» relevoit la beauté ; je la con-
» templai un moment en cette
» attitude charmante avec un
» plaiſir infini.

» Mon cœur oiſif depuis ſi
» long-tems reſſentit bientôt les
» douceurs de l'amour. Ah ! chere
» Alphenire, me dis-je en moi-
» même, vous ne jouiſſez donc
» plus de la vie ? Mon cœur par
» ces nouveaux mouvemens ne
» me l'apprend que trop : pour-
» roit-il en aimer un autre ſi vous
» éxiſtiez encore ? je vous l'avois
» laiſſé, puiſqu'il vient me cher-
» cher dans ces déſerts, il faut
» bien que vous me l'ayez ren-
» voyé, & me l'auriez-vous ren-

» voyé s'il eût pu encore être à » vous ; lui-même vous eût-il » abandonnée ſeule en Egypte ?

» Bientôt il ne me fut plus » permis de douter de ſon retour ; » il m'agita avec tant de violen- » ce, que je reſſentis les mêmes » tranſports que ſi j'euſſe été au » pieds d'Alphenire ; comment » ne les aurois-je pas reſſenti, » c'étoit ſa belle ame * qui me » venoit chercher dans ces cli- » mats ſauvages, & qui animoit » le corps de cette aimable Méo- » nide, pour me procurer ſans » doute les mêmes plaiſirs que » l'amour nous avoit fait goûter » autrefois avec tant de douceur,

* La Métempſycoſe étoit un point de la Religion des Egyptiens.

» & que Séſoſtris avoit interrom-
» pu d'une façon ſi cruelle.

» Alphenire s'éveilla, car de-
» puis je n'appellai que de ce
» nom cette jeune Sauvageſſe;
» elle voulut fuir, je la retins
» dans mes bras; en vain je rap-
» pellai les doux momens que
» nous avions paſſé enſemble à
» Memphis, elle avoit tout ou-
» blié; ſon cœur cependant ſem-
» bloit s'en ſouvenir encore, &
» ſes yeux d'intelligence avec les
» miens parlerent bientôt un lan-
» gage qu'ils avoient parlé ſi ſou-
» vent; enfin à force de careſſes,
» les mêmes tranſports nous con-
» duiſirent aux mêmes plaiſirs.

» Je trouvai un rapport ſi par-
» fait entre ceux que j'éprouvois,

» & ceux que j'avois éprouvé en » Egypte avec Alphenire, que je » fus entierement convaincu que » c'étoit encore elle-même qui » venoit de me les procurer.

» En vain elle voulut fuir ; » obstiné à la suivre je ne la quit- » tai plus malgré sa résistance ; » je passai la nuit sous la même » Cabane, peu à peu je l'accoû- » tumai à me souffrir sans cesse » auprès d'elle, & insensiblement » je l'engageai à quitter la contrée » qu'elle habitoit ; car je voyois » avec douleur qu'elle y devien- » droit la proie du premier Sau- » vage à qui le hazard l'offriroit ; » je craignis même qu'elle ne fût » déja tombée entre leurs mains ; » elle me rassura, elle étoit si

» jeune que je n'eus pas de peine » à la croire.

» Je la conduisis donc sous ce » rocher où nous sommes, où » loin des jaloux & des envieux » nous nous livrâmes à tout ce » que l'amour a de plus char» mant ; que mes plaisirs ont été » courts ! Alphenire perdit la vie » une seconde fois en la donnant » à un fils qu'elle me laissa, & » son ame ne sut animer que » cette jeune biche ; vous la voyez » Ichménis votre tendre mere, » attachée à mes pas, elle me suit » par tout.

Ichménis plein de respect, la caressa beaucoup, & demanda à Ramasses où étoit le fils qu'il avoit eu dans ce désert.

« Je l'ignore, lui répondit le » vieillard ; il y a environ quatre » ans qu'ayant entrepris de par- » courir ensemble tous ces pays, » pour trouver une jeune Méo- » nide qui pût faire son bonheur, » je le perdis dans des Monta- » gnes assez éloignées d'ici, & » depuis ce tems malgré toutes » mes recherches, il ne m'a pas » été possible d'en avoir aucune » nouvelle.

» Tafleid, c'est le nom que je » lui donnai, étoit âgé alors de » 15 ans, & les avoit passé avec » moi sous cette Cabane, sans » avoir jamais vu de femmes, sans » sçavoir même qu'il en eût ; mon » plaisir étoit de l'instruire dans » tous les Arts qui fleurissent en

» Egypte : l'Astrologie, les Ma-
» thématiques, la Médecine ne
» lui étoient pas des Sciences in-
» connuës.

» Il saisissoit avec vivacité, &
» une facilité surprenante les cho-
» ses les plus difficiles, & par
» des remarques judicieuses par-
» venoit quelquefois à encherir
» sur ce que je lui disois ; quelle
» satisfaction pour un tendre pere
» de voir avec l'âge croître la
» science & les vertus dans un
» enfant cheri !

» Je voyois avec douleur que
» tant de brillantes connoissan-
» ces alloient être perduës pour
» Tafleid en ces déserts ; com-
» bien de fois ne l'ai-je pas sou-
» haité à Diospole ou à Mem-

» phis ! Mais hélas ! je faisois des » vœux inutiles ; des Mers im» menses nous en séparoient.

» Enfin charmé de voir en mon » fils tant de belles qualités, je » formai un projet digne d'un » Prince malheureux éxilé de sa » patrie ; c'étoit de civiliser ces » peuples barbares, de les ras» sembler dans un même lieu, » sous des mêmes loix, & de le » leur donner pour chef.

» Je fis part de ce projet à Ta» fleid, il s'y livra avec joie, moins » flaté de commander que de » pouvoir faire des heureux.

» Je ne voulus pas lui cacher » plus long-tems ce qui pou» voit faire les délices de sa vie, » & le priver davantage de l'u-

» nique bien qu'il fut en mon
» pouvoir de lui procurer, j'eusse
» été cruel & injuste ; je formai
» donc le dessein de l'unir à quel-
» que Méonide charmante, qui
» pût lui faire goûter le bonheur
» d'être né.

» Sans le prévenir du specta-
» cle enchanteur que j'allois of-
» frir à ses yeux, je le condui-
» sis un jour à l'habitation de ces
» Sauvages, avec qui j'avois eu
» autrefois quelques liaisons ; plu-
» sieurs me reconnurent encore,
» & me revirent avec joie ; Ta-
» fleid fit connoissance avec les
» jeunes gens de son âge, & les
» suivit à la chasse.

» Les premieres Méonides qui
» s'offrirent à sa vuë, il les prit

» pour des hommes ; des femmes nuës, vuës de loin, peuvent bien occasionner cette erreur à qui n'en a jamais vu.

» Ayant apperçu un Sauvage de sa connoissance aux prises avec une femme qui se défendoit de toutes ses forces, il vouloit aller prêter main forte à son camarade, & bandoit déja son arc ; mais l'ayant apperçu, car je le suivois pour me divertir de son erreur, je lui dis qu'il étoit défendu de se battre deux contre un ; sa surprise fut bien plus grande quand il vit ces deux personnes qu'il croyoit en vouloir à la vie l'un de l'autre, après s'être renversés par terre s'adoucir peu à peu, & se quit-

» ter enfin les meilleurs amis du
» monde.

» Il me demanda quel étoit
» donc le but de cette eſpéce de
» guerre, je lui répondis en le
» quittant qu'il n'avoit qu'à join-
» dre quelques-uns de ces mêmes
» ennemis, qu'il reconnoîtroit
» aiſément à une peau plus blan-
» che & plus délicate que la ſien-
» ne, que pour lors il verroit ſi
» ſon cœur lui inſpireroit de tuer
» ſon adverſaire.

Taſteid pour qui tout ce qu'il
» voyoit étoit une énigme, ne
» ſouhaitoit rien avec plus d'ar-
» deur que de joindre des Méo-
» nides; curieux de voir de plus
» près des ennemis qui lui pa-
» roiſſoient ſi peu redoutables,

» & impatient de ſe meſurer avec » eux, il s'enfonça avec vivacité « dans le bois.

» A peine eut-il marché quel-» que tems qu'il entendit remuer » les feuilles, & quelqu'un qui » fuyoit ; il doubla le pas, & ap-» perçut trois femmes charman-» tes, dont les cheveux noirs & » bouclés flottoient dans un ai-» mable déſordre ſur des épaules » d'une blancheur éblouiſſante.

» Elles diſparurent comme de » jeune chevreuils, qui fuient à » l'approche d'un chaſſeur qui » les ſurprend dans quelque tail-» lis, ou comme une compagnie » de perdreaux, qui part à nos » pieds au moment que nous y » penſons le moins, & qui pre-

» nant un vol opposé, s'écha-
» pent à la faveur de l'incertitu-
» de du choix dans laquelle ils
» nous jettent.

» Mon fils suivit quelque tems
» ces trois Sauvagesses ; mais tan-
» dis que son cœur incertain
» cherchoit à se décider, elles
» disparurent, & il perdit l'es-
» pérance d'en joindre aucune ;
» ce jour ne fut pas un jour heu-
» reux pour lui, il courut beau-
» coup inutilement, & perdit
» bien des pas. L'amour ne fut
» pas long-tems à s'en dédom-
» mager.

» De retour le soir à la Caba-
» ne de Camoustaf où nous lo-
» gions, Tafleid me parut tout
» rêveur : je voulus sçavoir le su-

» jet de sa mélancolie ; hélas ! » mon pere me répondit-il, en » soupirant, pourquoi les Méo- » nides nous fuient-elles ? Elles » sont si charmantes.

» Comprenant fort bien le sens » de cette question qu'accompa- » gnoit un soupir si tendre, je » lui demandai s'il en avoit joint » quelques-unes ; il me raconta » ingénuëment tout ce qui lui » étoit arrivé, & finit par me » demander pourquoi je n'en » avois point dans mes Cabanes ; » je lui répondis que les femmes » étoient des animaux si legers » & si inconstans, que je ne » croyois pas qu'il fût possible de » les fixer.

» Peu satisfait de cette réponse,

» & ſentant dans ſon cœur un » changement total depuis qu'il » avoit vu des Méonides, il en » voulut ſçavoir la cauſe, & » me demanda ce que c'étoient » que des femmes ; je ne ſçus » trop comment les lui définir, » & lui rendre compte de ces im- » preſſions vives que nos yeux » portent ſi promptement dans » le fond de nos cœurs, quand » nous voyons quelques objets » aimables ; ſouvent les queſtions » d'un enfant embarraſſent les » plus ſçavans.

» Je me contentai de lui dire » que les Méonides étoient d'un » ſexe différent du nôtre ; que » c'étoit au commerce que nous » avions avec elles que tous les

» hommes devoient leur naissance ; que le plaisir vif & secret » qui les portoient sans cesse l'un » & l'autre à se réünir ensemble » faisoit le soûtien de l'Univers.

» Quoi, reprit-il, elles souhaiteroient nous voir avec le » même empressement que j'ai » moi-même de m'offrir à leurs » yeux ? Sans doute, repris-je, » & pourquoi nous fuient-elles » donc, interrompit Tasleid ? » C'est que les femmes, poursuivis-je, se sont apperçuës que » leur fuite & leurs défenses rendent les feux des hommes plus » ardens ; c'est un effet de leur » politique d'être toujours en » guerre avec les Sauvages : s'ils » les avoient en leur pouvoir,

» peut-être ſeroient-ils moins fla-
» tés de les poſſeder, & ils ne
» ſont occupés que du ſoin de
» leur tendre des piéges, & elles
» de celui de s'y jetter, de façon
» qu'elles paroiſſent les éviter;
» que ces barbares, ajoûtai-je,
» ſeroient malheureux ſans cette
» eſpece de guerre qui les tient
» ſans ceſſe en haleine! qu'ils
» paſſeroient des jours bien triſ-
» tes dans ces Forêts! Cette ré-
» fléxion fut la ſource d'une in-
» finité d'autres, qui naiſſoient
» de la ſurpriſe où ce diſcours
» jettoit votre frere.

» Taſleid ſe promit bien de re-
» tourner dès le lendemain à la
» chaſſe avec le Soleil; mais plus
» matinal que lui, il le prevint

» & reçut ſes premiers rayons ſur
» le ſommet d'une Montagne où
» il croyoit ſurprendre quelques
» Méonides endormies ; je n'a-
» vois fait qu'irriter de plus en
» plus ſa curioſité.

» Il marchoit ſans bruit , é-
» cartant doucement les feuilles ,
» & parcouroit avec vivacité
» d'un coup d'œil tout le terrein
» qu'il découvroit ; de tems en
» tems il s'arrêtoit , & levé ſur
» la pointe de ces pieds écoutoit ,
» tournant précipitamment les
» yeux à la moindre agitation :
» le vent faiſoit-il voler quelque
» feuilles ; plein d'eſpérance , il
» voloit avec elles où il les voyoit
» tomber , puis déſeſpérant tout
» à coup d'être aſſez favoriſé du

» sort pour faire jamais une ren-
» contre aussi heureuse, il levoit
» sa tête avec dépit, & frapant
» du pied se plaignoit d'être né
» si malheureux.

» Comme las de chercher, il
» faisoit hautement ces plaintes
» au sort, il entendit réellement
» quelqu'un qui fuyoit, quel dé-
» sespoir ! Il ne s'en prit pour cet-
» te fois qu'à son impatience,
» encore un pas, se disoit-il, &
» je l'aurois surprise ; il voulut
» s'enfoncer dans le bois, mais il
» le trouva si épais en cet endroit
» qu'il ne put le percer ; les efforts
» qu'il fit lui firent appercevoir
» un petit sentier si touffu, qu'il
» falloit nécessairement marcher
» sur ses mains pour y passer.

» A peine eut-il fait dix pas
» dans cette ſituation gênante ,
» que le chemin devint de plus
» en plus facile, & laiſſa voir en-
» fin une petite place aſſez vaſte,
» & entierement couverte par les
» branches des arbres, qui ſe réü-
» niſſoient exprès pour faire en
» cet endroit un berceau de ver-
» dure impénétrable aux rayons
» du Soleil : un tapis de mouſſe
» uni comme la ſurface d'un ruiſ-
» ſeau, qui promene tranquille-
» ment ſes eaux, paroiſſoit fait
» pour recevoir des pieds plus dé-
» licats que ceux d'un homme ;
» un gazon régnoit autour de ce
» lieu charmant, & ſe terminoit
» des deux côtés à un vaſte rocher
» qui ne ſembloit avancer ſa tête

» que pour servir de couvert à
» une grotte, ouvrage de la na-
» ture.

» Tafleid n'y vit personne; cu-
» rieux d'en examiner toutes les
» beautés, il y entra avec un trou-
» ble qu'il n'avoit pas encore é-
» prouvé; le fond en étoit des
» plus obscur, & cachoit une es-
» péce de petit lit de duvet; mon
» fils fatigué par le long chemin
» qu'il avoit déja fait s'y reposa,
» persuadé que ce lieu servoit de
» retraite à quelque Méonide qui
» ne manqueroit pas d'y revenir.

» Un séjour si tranquille, in-
» vitoit au sommeil : Tafleid al-
» loit sans doute s'y livrer quand
» il entendit soupirer dans un en-
» foncement secret qu'il n'avoit

pas

» pas encore apperçu, il prêta » doucement l'oreille, c'étoit quel» qu'un qui se réveilloit.

» Comme l'endroit où il étoit » lui-même étoit fort sombre, il » résolut d'examiner delà tout » ce qui se passeroit dans cette » grotte ; il vit bientôt paroître » une jeune Méonide d'environ » quatorze ans, qui se frottant » les yeux de ses mains, se plai» gnoit de ne pas trouver sa mere » qu'elle appelloit.

» Tafleid demeura étonné de » l'air charmant de cette belle » Sauvagesse, il auroit bien voulu » la consoler, mais il craignoit de » la faire fuir ; elle se consola en» fin d'elle-même, & prenant une » coquille faite en forme de bas-

» ſin, elle s'amuſa à la remplir » d'eau dans un petit ruiſſeau qui » couloit à quelques pas delà, & » la porta ſur les gazons qu'elle » en arroſoit.

» Inſenſiblement elle prit un » air plus gai, & ſembloit ſe » faire un amuſement de courir » avec cette coquille pleine d'eau » ſur ſa tête ſans la renverſer ; » elle fit tant de fois ce petit jeu » qu'à la fin le pied lui gliſſa, elle » tomba en devant, & la coquille » par un mouvement contraire ſe » renverſant ſur elle en arriere, » baigna cette belle enfant ; elle » ſe mit à pleurer de toutes ſes » forces, voyant ſes cheveux qu'el- » le avoit fort longs, mouillés & » collés ſur ſon corps.

» Sa mere qui vint à ces cris » ne put s'empêcher de rire de » cet évenement ; ce ſont de ces » malheurs dont un bon cœur » peut être legerement touché ; » Taſleid en rioit ſans doute auſſi, » mais il n'oſoit éclater de crainte » de ſe priver d'un ſpectacle ſi » charmant & ſi nouveau pour » lui, c'étoit la premiere fois de » ſa vie qu'il voyoit des femmes » d'aſſez près pour diſtinguer » qu'elles n'étoient pas des hom-» mes, & ſans doute que ſon » cœur le lui laiſſoit encore bien » mieux ſentir que ſes yeux.

» Enfin cette charmante mere » après avoir baiſé ſon aimable » fille, lui noua ſes cheveux ſur » la tête avec des joncs pour les

» empêcher de se coller davantage sur son dos, & la consola en la serrant entre ses bras, lui disant de n'être pas si étourdie une autrefois, puis sortit avec elle.

» Tafleid profita de ce tems pour s'échaper de cette Cabane, ne voulant pas y paroître de crainte de la faire déserter par ces belles Méonides qu'il craignoit de ne pas retrouver ailleurs, s'il avoit le malheur de les perdre ; je ne sçais comme à son âge il eut tant de prudence, l'amour éclairoit sans doute son esprit, c'est un excellent maître.

» Sorti de cet endroit charmant, ses premiers soins furent

» d'en remarquer les avenuës, » se promettant bien d'y revenir » souvent; il chercha ensuite la » belle Méonide, sûr de la re» trouver, si elle lui échapoit; » il l'apperçut seule au détour » d'un sentier qui cueilloit des » fleurs tranquillement, tandis « qu'à quelques pas delà, sa mere » étoit avec un Sauvage; pour » cette fois il n'eut garde de les » aller séparer, il commençoit » sans doute à sentir qu'il ne se» roit pas bien aise que quelqu'un » vint lui rendre un semblable » service.

» Il s'approcha de sa belle qu'il » surprit avec adresse lorsqu'elle » s'y attendoit le moins; elle jetta » un grand cris, & fit quelques

» efforts inutiles pour s'échaper; » mais Tafleid la saisit entre ses » bras, & commençoit à être plus » embarrassé qu'elle, quand la » mere vint lui enlever sa proie, » & s'enfuit avec elle; consterné » de cet évenement, beaucoup » moins cependant que s'il eût » ignoré la retraite de ces Méo- » nides, il les suivit quelque tems » des yeux.

» De retour à la Cabane de » Camoustaf, il nous raconta » tout ce que je viens de vous » dire; son éxactitude à ne pas » omettre la plus legere circons- » tance, me fit connoître qu'il » aimoit, car rien n'est indiffé- » rent aux amans, & vous venez » de voir par la longueur de ce

» récit, que les peres ont la mê-
» me foiblesse, pour tout ce qui
» regarde leurs enfans.

» Le lendemain il retourna
» dans la Forêt, mais le soir je
» l'attendis inutilement, Tasleid
» ne revint point, & depuis ce
» malheureux jour je n'en ai pu
» avoir aucune nouvelle ; jugez
» de mon désespoir; j'en fus in-
» consolable, après la perte de
» ma chere Alphenire ; c'est le
» plus sensible des coups dont le
» sort cruel qui me persécute,
» m'ait frapé depuis que j'habite
» ces déserts.

» Ce fils devoit faire toute ma
» consolation, quoique Sauvage
» & élevé dans les Forêts, ins-
» truit par mes leçons & formé

» du même ſang que celui qui » coule dans vos veines, je me » flate que vous euſſiez vu ce » frere avec plaiſir, il ne vous » eût pas deshonoré.

Ichménis & Glaphyr attendris par ce diſcours, firent eſpérer à Ramaſſes qu'il retrouveroit Tafleid pour qui ils ſe ſentoient déja une ſecrette inclination ſans l'avoir vu, & conjurerent ce vieillard de les ſuivre ſur le bord de la Mer, où il trouveroit toutes ſortes de rafraîchiſſemens, & des Egyptiens, qui charmés de le voir ſe feroient un plaiſir ſenſible de ſe gouverner par ſes ſages conſeils; ils partirent tous enſemble ſuivis de la Biche blanche qui ne quittoit jamais Ramaſſes.

Les Egyptiens inquiets de ne point voir revenir Ichménis & Glaphyr, craignant qu'ils n'eussent eus quelque mauvaise rencontre, s'assemblerent pour les aller chercher dans la Forêt voisine; déja armés de longues lances ferrées, ils étoient prêts à partir quand ils les apperçurent qui conduisoient au milieu d'eux un étranger qu'ils ne connoissoient point : son habit de peau leur fit croire d'abord que c'étoit quelque habitant de cette Contrée; ils volerent au-devant d'eux.

Ichménis aussi impatient de leur apprendre l'histoire de ce vieillard, qu'ils paroissoient curieux de la sçavoir, du plus loin qu'il put s'en faire entendre, leur cria avec une vivacité qui marquoit l'excès de ſa joie. « Chers » amis nous n'avons pas tout per- » du en quittant l'Egypte , l'il- » luſtre Ramaſſes que les Dieux » ont conſervé pour nous gou- » verner , & que je vous ramene » nous répond de leur protection ; » pouvoient-ils nous faire un pré- » ſent plus digne d'eux , & qui » pût nous être plus agréable dans » les malheureuſes circonſtances » où nous nous trouvons ? »

Au nom de Ramaſſes , l'alé- greſſe s'empara de tous les cœurs , ce ne furent que cris de joie , que remercimens faits aux Dieux , que promeſſes ardentes d'en être reconnoiſſans; cette nouvelle por- tée de bouches en bouches , fut ſçuë en un moment de toute la Colonie ; chacun accourut pour voir ce reſpectable Vieillard, qui découvrant déja une plaine aſſez vaſte, ſemée de bled, félicita les Egyptiens de leur prudence, les encouragea au travail, puis marchant au milieu d'eux vers les Cabanes qu'ils avoient élevées & déja environnées d'un large foſſé, il en fit le tour au bruit des acclamations de tout le peuple, qui crioit vive Ramaſſes notre Roi, périſſe Séſoſtris.

A ce bruit unanime que les échos promenoient de Rochers en Rochers dans ces déſerts immenſes, Ramaſſes s'arrêta, & prenant la parole.

« Sages Egyptiens, leur dit-il,

» ne ſouhaitez point la mort de
» vos Rois, ſi vous reſpectez les
» Dieux qu'ils repréſentent ici-
» bas; ce n'eſt qu'au pied du trô-
» ne d'Oſiris, de la Déeſſe Iſis,
» qu'ils doivent rendre compte de
» leur conduite.

» Je renonce au titre faſtueux
» que vous me donnez, content
» du nom de votre pere commun;
» tous nés ſujets de Séſoſtris, ni
» ſes injuſtices, ni les Mers im-
» menſes qui nous ſéparent de
» lui, ne nous affranchiſſent point
» de ce que nous lui devons; il
» eſt notre Roi quelque partie de
» cet Univers que nous habi-
» tions.

» Le premier à partager vos
» travaux, autant que mes forces

» me le permettront, je ne vous » demande que vos cœurs pour » tributs; depuis près de vingt- » ans que j'habite ces déserts sans » autre étude que celle de la na- » ture, je dois connoître ce pays » & ce qu'il peut produire.

» Ne comptez pas comme en » Egypte sur les eaux d'un fleuve » officieux pour engraisser vos » champs: à l'exemple des Ly- » biens, des Arabes, des Ethio- » piens, il faudra labourer vos » terres; ici le sort de la mois- » son sera dans vos mains, & » vous jugerez de vos récoltes » par vos travaux, & non par les » débordemens du Nil; vous n'en » serez pas moins heureux.

» Ne craignez pas que je vous

» commande jamais d'épuiſer vos » forces à conſtruire des piramides, des obeliſques, frivols ornemens d'un Royaume, monumens plus capables de transmettre à la poſtérité la cruauté & la barbarie des Rois qui les ont fait élever, que leur puiſſance & leurs richeſſes.

» La ville que je veux vous » faire conſtruire ici, n'aura pas » le faſte de celle de Dioſpole, » cent ſuperbes portes n'orneront » pas les remparts, & cent Temples magnifiques n'y ſeront pas » élevés à nos Dieux.

» Que nous les connoiſſons peu » ces Dieux que nous adorons, » un ſacrifice offert ſur un Autel » de gazon, & ſous la voute du

» Ciel par un cœur pur, leur est
» aussi agréable que sur des Au-
» tels de marbre & de porphire
» dans des Temples dorés.

» Si je compte ainsi loger nos
» Dieux, jugez comment seront
» mes Palais & les vôtres : des
» demeures un peu plus solides
» que celles que je vois déja éle-
» vées par vos soins, suffiront
» pour nous garantir des injures
» du tems.

» Quand vous aurez connu les
» peuples qui vous environnent,
» & la douceur de la vie dont ils
» jouissent au milieu de ces Fo-
» rêts, vous jugerez qui d'eux ou
» des habitans de Memphis sont
» les plus heureux.

» Vous n'avez ici à ce que m'a

» dit mon fils, que l'épouſe de
» Glaphyr & quelques femmes
» qui la ſervent ; aimable jeuneſſe
» qui m'écoutez, & dont les cœurs
» ſont faits pour aimer ; que ce
» ſexe enchanteur ne vous faſſe
» pas regreter les rivages du Nil,
» vous aurez des Méonides en ce
» pays, qui pourront faire votre
» bonheur, exciter vos deſirs, &
» les ſatisfaire.

» A trois journées environ d'ici
» en tirant vers le Nord, il s'en
» trouve de charmantes avec leſ-
» quelles je vous promets d'heu-
» reux jours, partez tous demain
» au lever du Soleil, que chacun
» choiſiſſe à ſon gré celle qui fla-
» tera le plus ſon cœur, & la
» conduiſe ſur ce rivage.

» Ne comptez pas les trouver » dans des villes ſuperbes, vêtuës » d'habits magnifiques, elles vont » nuës, & les bois ſont leur de- » meure ordinaire; il faudra mê- » me uſer d'adreſſe pour les ſur- » prendre, & de violence pour » les enlever; endurcies à la fa- » tigue, vous ſerez bientôt riches » avec de telles compagnes.

A cette heureuſe nouvelle, la ſecrete mélancolie qui s'étoit emparée des jeunes Egyptiens diſparut; ſemblables à de jeunes fleurs qui languiſſent privées des rayons du Soleil, & qui à ſon arrivée brillent des couleurs les plus vives, la joie éclata tout à coup ſur leurs viſages, & les tranſports auſquels ils ſe livrerent, firent connoître la vraie cause de leur langueur.

Le lendemain après que Ramasses leur eut montré de dessus une éminence, de montagne en montagne, les routes qu'ils devoient tenir, conduits par Ichménis, ils volerent avec une ardeur incroyable; l'amour leur prêta des ailes.

Elpenor & Phylagyr, jeunes Egyptiens, amis & parens de Glaphyr, qu'ils avoient eu la générosité de suivre, n'accompagnerent point leurs compatriotes; ils aimerent mieux choisir des femmes parmi les suivantes d'Aménophie que d'en aller chercher dans les bois.

Euchorée & Méotide étoient

deux jeunes Méonides, à qui il ne manquoit que la naiſſance pour les rendre dignes de ſi belles alliances : la vertu, la douceur, l'eſprit & la beauté étoient tout leur bien ; c'étoit être riche dans un pays, où tous les autres avantages devenoient inutiles.

Amenophie qui les aimoit tendrement, fut charmée de leur bonheur, leur porta la premiere cette heureuſe nouvelle, & les diſpoſa à recevoir les deux jeunes Seigneurs qui devoient dans peu devenir leurs époux ; elles ne parurent devant eux qu'en tremblant, & avec une timidité qui les rendit encore mille fois plus charmantes.

Elpenor & Phylagyr les embrasserent & les conduisirent avec Amenophie dans la Cabane de Ramasses, pour y délibérer ensemble sur l'état présent de leurs affaires ; ce Vieillard généreux promit à ces jeunes Méonides, dans les termes les plus consolans, de ne rien épargner pour leur procurer les douceurs de la vie, & une partie des commodités & des agrémens qu'elles avoient eu en Egypte.

Pendant que la jeunesse fut absente, ils firent de concert divers réglemens ; il fut résolu d'une voix unanime que l'on vivroit sous les mêmes loix, & que l'on adoreroit les mêmes Dieux qu'en Egypte ; sçavoir, le Soleil & la

Lune, ſous les noms d'Oſiris, d'Iſis, & toutes les autres divinités.

Ichménis, dont la ſageſſe étoit connuë, & dont la conduite ſévere pouvoit ſervir de modele, quoiqu'abſent, fut établi grand Pontife ; il fut réſolu qu'il choiſiroit dans la Colonie dix jeunes Egyptiens pour le ſeconder.

Elpenor fut chargé du ſoin de rendre la juſtice avec Ramaſſes : pour éviter les ſurpriſes dans les affaires, l'éloquence fut bannie des plaidoyers, & regardée comme l'art de ſéduire ; chacun devoit détailler ſes raiſons avec ſimplicité ; il fut pareillement deffendu de ſolliciter ſes Juges.

Glaphyr, qui avoit beaucoup de goût pour les ſciences, & ſur-tout pour les arts méchaniques, fut chargé du ſoin de la conſtruction de la Ville, & d'y entretenir le bon ordre.

Pour Phylagyr qui avoit toujours exercé la profeſſion des armes, il ſuivit ſes premieres inclinations, & promit de veiller à la ſureté de la Colonie, avec trente Egyptiens des plus braves qu'il choiſiroit.

Tel fut l'ordre que Ramaſſes établit dans la nouvelle ville qui commençoit à s'élever, il l'appella la nouvelle Memphis; c'eſt la même qui depuis fut nommée Marſeille, c'eſt-à-dire, ville de Mars, nom qui lui fut donné à cauſe d'un temple ſuperbe que ce peuple belliqueux y éleva à ce Dieu.

LIVRE SECOND.

ICHménis monté ſur le ſeul cheval qu'on avoit tranſporté d'Egypte, marchoit à la tête de ſes compatriotes, qui impatiens de voir les femmes qui leur étoient deſtinées, franchiſſoient avec joie tous les obſtacles que la nature oppoſoit à leur paſſage.

Après une longue & pénible marche, ils découvrirent enfin une vaſte plaine dans le fond de laquelle ils crurent appercevoir pluſieurs perſonnes; arrivés à une diſtance raiſonnable, ils virent effectivement que leurs yeux ne les avoient pas trompés; c'étoit une multitude de Sauvages, qui formant entr'eux une eſpéce de danſe, célébroient la fête du Soleil qu'ils adoroient.

Comme Ichménis & ceux de ſa ſuite étoient naturellement intrépides & pleins de courage, ils approcherent fiérement armés de leurs arcs; les Sauvages ceſſerent auſſi-tôt leurs jeux; des hommes habillés, en ayant un à leur tête monté ſur un cheval, offroient à leurs yeux un ſpectacle trop nouveau pour ne pas mériter toute leur attention; ils admiroient avec étonnement la docilité de ce ſuperbe animal, qui oubliant toute ſa force obéïſſoit à de ſimples lannieres de peau, qu'il eût pu rompre du moindre

moindre mouvement de tête.

Ichménis pour augmenter l'espéce d'enchantement où ce prodige les jettoit, maniant son cheval avec beaucoup de grace, lui faisoit faire des courbettes, des caracols ; il le faisoit tourner plusieurs fois autour de leurs danses, le poussoit au galop dans la plaine, & le ramenoit au petit pas. Cet animal sembloit entrer dans les idées de son maître, il se prêtoit à toutes ses volontés, avec une docilité surprenante, toujours prêt à diversifier sa marche, à la retarder, à la doubler, à la précipiter au moindre signal.

Tous ces prodiges inspirerent à ces barbares un si grand respect pour ces étrangers, que pluſieurs répondirent, car le peuple fut toujours ſuperſtitieux, que c'étoient des hommes extraordinaires que le Soleil envoyoit à leurs Fêtes ; ce bruit paſſoit de bouche en bouche ; ces bonnes gens danſerent autour des amis de leur Dieu, & après leurs danſes leur préſenterent des fruits. Ichménis mit pied à terre, & en ſigne de paix mangea de ce qu'on lui offrit.

Comme le Soleil étoit ſur le point de ſe coucher, pluſieurs Sauvages vinrent prier Ichménis, qu'ils appelloient l'homme du Soleil, d'engager leur Dieu à ne pas les priver ſi-tôt de ſa préſence, s'il agréoit leurs jeux que la nuit alloit ſuſpendre.

Cette propoſition embarraſſa le nouveau Prophète ; il ne ſe déconcerta cependant pas ; après un moment de réfléxion, il leur dit d'un ton ferme & avec aſſurance, que le Soleil ne pouvant être plus long-tems témoin de leur Fête, il leur permettoit de la continuer ; qu'ils n'avoient pour cet effet qu'à ramaſſer dans la Forêt voiſine le bois le plus ſec qu'ils pourroient trouver, & le porter dans la plaine.

Cet ordre fut exécuté en moins d'une demi-heure, & Ichménis après avoir fait retirer ces barbares, par le moyen de deux Cailloux, mit le feu au bois, qui auſſi-tôt produiſit un éclat, & une lumiere preſqu'auſſi brillante que celle du Soleil.

Les Sauvages, à qui l'usage du feu étoit encore inconnu, étonnés de ce nouveau phénomène accoururent, & se persuaderent aisément que leur Dieu leur envoyoit quelques-uns de ses rayons pour consumer ce bois ; ils le crurent d'autant plus volontiers que le feu a les mêmes propriétés que le Soleil ; toute la nuit ce ne furent que danses, jeux & fêtes champêtres.

Les Méonides regardoient avec étonnement cet éclat du haut de leurs montagnes ; les plus hardies s'approcherent; quelques-unes furent prises par les Sauvages, & entraînées malgré elles au milieu des danses. Ichménis s'en fit présenter une ; charmé de sa beauté, elle lui fit naître le dessein de les obliger à vivre en commun avec les Sauvages, persuadés qu'il en trouveroit d'autres plus loin pour les Egyptiens.

Il étoit convaincu que c'étoit de la tendre union des deux sexes que résultoit le bonheur, & les charmes les plus doux de la société; pour commencer ce grand ouvrage, il résolut de se servir de la crédulité de ces peuples errans pour les rendre heureux, & profitant de la Fête qui les rassembloit en un même lieu, il leur tint ce discours.

« Enfans du Soleil, le Dieu que » vous adorez, veut enfin faire

» votre bonheur ; le tems eſt ar-
» rivé que ces Méonides adora-
» bles, qui peuplent vos mon-
» tagnes , vont être réünies à
» vous ; vous vivrez enſemble
» ſous la même Cabane, vous ne
» ferez qu'un cœur, qu'une ame,
» vos vœux ſeront auſſi-tôt ſatis-
» faits que formés.

» Ces compagnes charmantes
» combleront vos deſirs en rem-
» pliſſant les leurs, ſans ceſſe oc-
» cupées du ſoin de les faire naî-
» tre, & toujours de moitié dans
» tous vos plaiſirs, elles ſe feront
» une étude de les varier & de
» les multiplier ; une félicité ſi
» parfaite vous coûtera à acqué-
» rir ; il faudra ſoumettre ces fié-
» res beautés, ce ne ſont pas pour

» vous des ennemies bien redoutables ; de toutes les créatures » qui respirent, il n'en est pas de » plus amies de l'homme, vous » êtes nés les uns pour les autres.

» Quoiqu'elles fuient sans » cesse, vous ne les voyez pas » habiter d'autres Contrées que » les vôtres ; & quand le hazard, » ou la legereté de votre course » vous en fait joindre quelques-» unes, malgré leur résistance, » avez-vous jamais été les plus » foibles ? Que demain donc le » Soleil en s'élevant, vous trouve dans les Forêts, & qu'à son » coucher, tournant ses derniers » rayons vers vos Cabanes, il » vous y voie tous avec des » Méonides.

» Vous pouvez chacun choisir » celle dont les charmes feront » sur vous l'impression la plus » vive ; mais ce choix une fois » fait, il vous est deffendu d'a- » voir affaire à d'autres femmes, » de desirer même leur jouissan- » ce ; que tous ayent soin seule- » ment de se munir d'une lon- » gue chaîne de joncs nattés, » pour en lier celles qui par trop » de résistance voudroient retar- » der votre bonheur en réfusant » de vous suivre.

» Telles sont les volontés du » Soleil ; votre bonheur dépend » de votre prompte obéïssance » aux ordres suprêmes du Dieu » tout-puissant que vous adorez.

Pendant ce discours, les Barbares garderent un ſilence reſpectueux & profond ; mais à peine fut-il fini, qu'ils marquérent toute leur joie, & promirent à Ichménis d'exécuter de point en point les ordres qu'il daignoit leur donner ; les jeunes Sauvages marquerent une impatience extrême ; le reſte de la nuit leur parut d'une longueur inſuportable ; ſe dérobant aux douceurs du ſommeil, leur imagination leur fit éprouver d'avance les plaiſirs les plus vifs.

Les vieillards voyoient avec douleur que ces ordres ne les regardoient plus, & regretant leurs beaux jours paſſés dans une guerre continuelle avec les femmes, ils ſe plaignoient au ſort de les avoir fait naître ſi-tôt : les Méonides que l'éclat du feu avoit attirées furent arrêtées de force.

Le lendemain le Soleil s'éleva le plus beau du monde, & après avoir encouragé par ſa préſence les Sauvages à partir pour la chaſſe, il diſparut tout-à-coup, & ne ſe montra plus le reſte du jour ; augure très-favorable ; car les femmes, s'imaginant que les nuages étoient des voiles ſacrés, qui déroboient aux yeux des mortels les faveurs que la Lune, qu'elles ȧdoroient, accordoit au Soleil, ſe faiſoient alors un point de Religion d'imiter leur divinité. Dans ces favorables circonſtances la chaſſe ne pouvoit manquer d'être heureuſe & peu pénible.

Pendant tout le jour les Forêts retentirent des voix charmantes des Méonides, qui par leurs accens mélodieux indiquoient aux hommes leurs retraites, & travailloient à les rendre sensibles; mais quand le Soleil sorti du sein des nuages, reparut seul sur le soir, & que les belles Sauvagesses voulurent retourner dans leurs Montagnes, quelle fut leur surprise de se voir retenuës par des chaînes, entraînées dans les Cabanes des hommes!

Elles pousserent des cris affreux, voulurent se débarrasser des mains de leurs ravisseurs; leur résistance fut vaine; il fallut les suivre, & renoncer à la douce liberté dont elles jouiſſoient dans leur paiſible retraite. Aux cris des priſonnieres toutes les Méonides accoururent, & témoins des violences qu'on faiſoit à leurs compagnes, jurerent de les venger.

Ce devoit être un ſpectacle fort amuſant, que de voir les Sauvages fiers de conduire de ſi belles proies, chercher des yeux leurs amies pour les leur montrer; ces jeunes & belles captives, les cheveux épars, ſuivoient leurs vainqueurs d'un air triſte, conſterné, & levant les yeux au Ciel, pleuroient leur liberté ravie, appelloient la Lune à leur ſecours, & la prenoient à témoin des fureurs des hommes.

Ichménis, ſpectateur de cette ſcene, s'applaudit de ſon ouvrage; peu touché des larmes qu'il voyoit répandre, il laiſſa à l'amour le ſoin de les eſſuyer; les Egyptiens qui le ſuivoient dans l'attente d'un ſort ſemblable, conſoloient ces Belles affligées, les aſſurant que le ſupplice auquel on les deſtinoit, n'étoit pas du nombre de ceux auſquels de jolies femmes ne peuvent s'accoûtumer.

Elles parurent devant le fils de Ramaſſes au nombre de quarante; prévenuës que cet étranger étoit un des Miniſtres du Soleil, qui alloit leur rendre compte des prétenduës violences qu'on leur faiſoit, elles formerent avec reſpect un cercle autour de lui, & attendirent en ſilence qu'il leur adreſſât la parole.

Si j'écrivois l'hiſtoire du cœur du ſage Ichménis avec celle de ſa vie, que j'aurois de choſes à dire ! quelque vertueux qu'il fût, il dut avoir bien des combats à ſe livrer lui-même ; un homme d'environ trente-ans, ne voit pas avec indiférence quarante jeunes filles plus belles que le jour, nuës autour de lui ; il n'eſt guères de vertu à l'épreuve d'un coup d'œil ſi ſéducteur. Sybarie étoit abſente, en vain voulut-il pluſieurs fois détourner la vuë, les mêmes objets frapoient ſes yeux de toute part, & portoient également le trouble dans ſon ame.

L'homme du Soleil n'étoit qu'un homme comme un autre; pour les femmes elles ſe montroient ſans rougir de leur nudité, la pudeur, que l'on dit être fille de l'éducation ou du caprice, n'avoit pas encore pénétré en cette partie de l'Univers.

Ichménis commença à craindre qu'en travaillant au bonheur des autres, il ne nuisît à ſa propre tranquillité; le trouble où il étoit lui ayant fait oublier le diſcours qu'il avoit préparé, il garda quelque tems un profond ſilence, &, oſant à peine lever les yeux, s'expliqua en ces termes.

« Jeunes beautés, chef-d'œuvre » le plus parfait de la nature,

» vives images du Soleil, à qui
» vous devez ce que vous êtes ;
» nées pour faire le bonheur des
» hommes, pourquoi regretez-
» vous ces cavernes dont ils vous
» ont arrachées ? ſçachez que cet
» Univers dont vous êtes l'ame va
» changer de face ; la Lune que
» vous adorez, & à qui vous ne
» devez pas craindre de reſſem-
» bler, ne ſe dérobe jamais aux
» careſſes du Soleil, comme vous
» vous l'êtes imaginées, c'eſt au
» contraire ſa fidele compagne ;
» il eſt vrai que ce pere de l'uni-
» vers vous éclaire ſeul pendant
» le jour de ſes rayons, que ſeul
» il viſite ſes ouvrages, fait meu-
» rir les fruits pour votre uſage,
» épanouir les fleurs pour réjouir

» vos yeux & parer vos têtes; mais
» de retour le ſoir dans le ſein
» des Mers, la Lune ſans ceſſe
» occupée de ſon tendre époux,
» le reçoit avec joie, l'échauffe
» dans ſes bras. S'éloigne-t-elle
» pour vous éclairer à ſon tour,
» toujours ſoûtenuë de la préſen-
» ce du Soleil, elle ne le perd
» jamais de vuë, & ne brille à
» vos yeux que de l'ardeur des
» feux qu'il lui communique;
» loin de la vuë de cet époux fi-
» dele, elle eſt ſans éclat; triſte
» de ſon abſence, elle languit
» dans une obſcurité dont il peut
» ſeul la tirer par ſes rayons bien-
» faiſans. Voilà jeuneſſe aimable
» le modelle que vous devez ſui-
» vre, & que je vous propoſe;

» que chacune de vous fidelle à
» celui à qui elle eſt échuë en
» partage ne ſe pare que de ſes
» préſens, ne reçoive ſon éclat
» que de lui, & ne ſe laiſſe con-
» ſumer d'aucun feu étranger; le
» jour dans vos Cabanes, attendez
» vos époux avec impatience,
» revoyez-les le ſoir avec joie,
» & embraſez-vous des mêmes
» feux dont ils brûleront eux-
» mêmes. »

Pendant ce diſcours les Méonides étonnées de tout ce qu'elles entendoient, ſe jettoient des regards qui marquoient leur ſurpriſe; la plus âgée nommée Namine qui avoit environ vingt-ans prit la parole en ſoupirant & dit, à l'homme du Soleil que puiſqu'elles étoient condamnées à vivre avec un ſeul homme, il falloit leur laiſſer la liberté de le choiſir à leur gré : toutes applaudirent à cette propoſition, qu'Ichménis trouva juſte & fondée ſur la raiſon.

Sur une montagne voiſine s'élevoit un petit bois conſacré au Soleil, où il n'étoit permis d'entrer que les jours deſtinés à ſon culte ; c'étoit-là que l'on avoit mené les Méonides, qui attirées par l'éclat du feu, s'étoient laiſſées prendre la nuit précédente.

Ichménis conduiſit en ce lieu la jeuneſſe des deux ſexes, laiſſant à chaque femme la liberté de diſpoſer de ſon cœur en faveur de celui dont la vuë la flateroit le plus; pour lui agité de mille mouvemens dont il ne pouvoit se rendre raison, n'ayant pas la force de quitter cet endroit, il se plaça sur une petite éminence, d'où sans être vu, ses yeux pouvoient découvrir tout le bosquet.

Il jouoit là un grand rolle, mais ce n'étoit pas le plus flateur; combien de fois tout ministre des Dieux qu'on l'avoit fait depuis son absence sur la réputation de sa sagesse; combien de fois, dis-je, ne fut-il pas au désespoir d'être un personnage si respectable: si la qualité brillante d'homme du Soleil satisfaisoit sa vanité, elle laissoit dans son cœur bien des desirs à remplir; il éprouva en ce jour plus d'une fois, que faire des heureux n'eſt pas l'être; & que l'auguſte dignité de miniſtre des Dieux ne garantit pas toujours des atteintes de l'amour; le bonheur d'unir enſemble de jeunes époux, met ſouvent un ſaint perſonnage à de dures épreuves.

Ichménis d'un œil curieux, examinant à travers le feuillage ce qui ſe paſſoit dans le bois, apperçut Namine ſéparée de ſes compagnes, qui d'un air rêveur & mélancolique ſembloit chercher la ſolitude plutôt qu'un homme; il fixa ſes regards ſur cette belle avec complaiſance, elle lui parut charmante, elle l'étoit en effet, ſes cheveux noirs & bouclés tomboient négligemment juſqu'à ſa ceinture, & pouſſés par le vent flottoient en partie ſur un ſein plus blanc que l'albâtre; de tems en tems en croiſant ſes deux bras, elle élevoit ſes beaux yeux au Ciel, puis les tournoit autour d'elle avec trouble, comme quelqu'un qui craint d'être découvert; plus elle approchoit d'Ichménis ſans le ſçavoir, plus le cœur de cet Egyptien s'agitoit.

Peut-on contempler tant de charmes ſans en deſirer la jouiſſance, & quel homme la deſire ſans tâcher de ſe la procurer? il laiſſa échaper un ſoupir qui fut juſqu'à Namine; interdite, elle porta aussi-tôt ses timides regards de tout côté, & appercevant l'homme du Soleil, elle courut à lui, & lui dit en tremblant, avec une naïveté charmante : « Etes-vous exclus du » nombre de ceux parmi lesquels » il nous est permis de choisir » un époux ? » Elle n'eut pas plutôt prononcé ce peu de mots qu'elle rougit, & baissant les yeux, attendit en silence la réponse d'Ichménis.

Le trouble du fils de Ramasses fut pour le moins égal à celui de cette jeune Méonide ; interdit, confus, & agité de tous les combats que l'amour & la vertu se livroient dans son cœur, il ne sçut d'abord que répondre.

Vouloit-il le premier aller contre la loi qu'il venoit d'établir, qui condamnoit tous les hommes à la jouiſſance d'une ſeule femme? Sybarie vivoit encore, il l'adoroit, & avoit toujours conſervé l'eſpérance de la revoir après la mort du cruel tyran qui la lui avoit ravie; mais de vaſtes Mers les ſéparoient, & l'aimable Namine étoit aux genoux d'Ichménis.

Quel moment! ſes yeux le trahirent, & ſe tournant languiſſamment ſur Namine, qu'un ſi long ſilence commençoit à alarmer, ils porterent l'eſpérance dans ſon cœur; bientôt la bouche confirma le langage des yeux. « Et pourquoi belle Méonide, » lui

» lui dit-il, agité de l'amour le » plus vif, & pourquoi ſerois-je » exclus du nombre de ces heu» reux mortels dont vous devez » faire la félicité ? J'attens ici » comme les autres, que quel» qu'une de vous daigne m'ho» norer de ſon choix.

» Ah ! interrompit Namine, » avec vivacité, ſi je puis préten» dre au bonheur d'être à vous, » daignez me recevoir.

Le premier pas étoit fait, l'amour ne recule jamais : Ichméhis ne répondit aux tranſports de cette aimable Méonide que par d'autres tranſports ; ſes regards ſe fixerent ſur les ſiens, & ſe confondirent avec eux, il ſaiſit une de ſes mains, y colla ſes lévres, ſerra cette belle entre ſes bras; ſes yeux ſéduits, ſéduiſirent ſon cœur. Bientôt l'homme du Soleil devint l'homme de l'amour, & le premier légiſlateur, le premier prévaricateur.

L'amour impoſe des loix, mais n'en reçoit point : ce Dieu en ſe jouant du cœur de ce ſage Egyptien, vouloit ſans doute lui montrer ſa puiſſance, & l'avertir de n'y plus preſcrire de bornes, chez les peuples qu'il vouloit civiliſer.

Pendant que la ſenſible Namine étoit encore plongée dans cette amoureuſe yvreſſe, qui s'empare de tous nos ſens dans ces momens heureux, que nos deſirs ſatisfaits nous font goûter le bonheur d'être né ; Ichménis revenu de ses premiers transports, se représentoit le Soleil, & tous les Dieux irrités, Sybaric impatiente de le revoir, pleurant sur les rivages du Nil, les yeux tournés du côté de la Mer ; à ce tendre souvenir il se repentit de son infidélité, & laissant tomber ses yeux sur Namine, poussa un soupir qui éveilla cette belle.

Couchée négligemment, elle goûtoit en idée des plaisirs dont la vivacité l'avoit plongée dans une rêverie si profonde & si douce, qu'elle en étoit immobile.

« Quoi vous soupirez, lui dit-» elle, vous reste-t-il encore des » desirs à remplir ? tous les miens » sont satisfaits: » s'il m'en reste, lui répondit Ichménis, rendu à son premier amour par la douceur des regards de cette belle. « Et » peut-on avoir goûté des plaisirs » si vifs sans souhaiter de s'y li» vrer toute sa vie ?

» Vous êtes donc le plus heu» reux de tous les hommes, re» prit Namine, puisque tous les » momens de la mienne sont à » vous.

» Hélas ! interrompit-il en se » faisant sans doute violence, un » obstacle invincible vous empê» che d'être à moi, je ne suis » qu'un séducteur malheureux, » qu'un infidele, un parjure, un » ingrat; croyez-moi, belle Méo» nide, n'offensons plus les Dieux, » pour ma tranquillité & la vôtre.

» retournez dans le bosquet faire » une autre choix, le mien est » fait. »

A ces mots Namine se leva en fureur, ses yeux perdirent en un moment cette tendre langueur qui le rendoit adorable, & s'enflammerent d'un feu qui fit connoître à Ichménis tout le désespoir de cette belle.

« Est-ce donc là, lui dit-elle, » en lui lançant des regards terribles, est-ce donc là les dou» ceurs que tu nous promets avec » les hommes? Notre choix fait, » dis-tu, en faveur d'un seul, » nous ne devons plus nous parer » que de ses présens, c'est notre » Soleil; à l'exemple de la Lune » que nous adorons, il ne nous

» est permis de recevoir notre é-
» clat que de lui, & nous ne de-
» vons nous laisser consumer d'au-
» cun feu étranger.

» Cette loi que tu viens éta-
» blir n'est-elle donc que pour
» nous? Quand tu nous condam-
» nes à la jouissance d'un seul
» homme, prétens-tu laisser à ton
» sexe la liberté de jouir de plu-
» sieurs femmes?

» Ton choix est fait, & quand
» me l'apprens-tu barbare étran-
» ger? Quand m'ordonnes-tu d'en
» faire un autre, quand je croyois
» le tien fixé en ma faveur, &
» quand mon cœur commençoit
» à se faire une douce habitude
» de t'aimer.

» Si tu voulois nous engager à

» vivre avec les hommes, il ne » falloit pas nous les faire con- » noître; je jure par la Lune de » ne me soumettre jamais à au- » cun; je me déclare ton enne- » mie, tu sçauras un jour que j'ai » quelque puissance auprès de ces » femmes dont tu prétens faire » des esclaves.

» Tu connois les transports » ausquels l'amour est capable de » me porter, tu connoîtras bien- » tôt que la haine & la fureur » n'agissent pas avec moins d'em- » pire sur le cœur de Namine of- » fensée.

En finissant ces mots, elle sortit en courroux du bois sacré, sans qu'Ichménis osât la retenir; il la suivit quelque tems des yeux, mais plus prompte qu'un éclair, il la perdit bientôt de vuë.

Comme il étoit plongé dans la tristesse la plus profonde, les Méonides dispersées dans le bosquet, vinrent lui présenter les Sauvages qu'elles avoient honoré de leur choix; il les fit tous jurer en présence du Soleil de vivre dans l'union la plus parfaite, & les mariages furent célébrés à l'Egyptienne.

Pendant plusieurs jours ce ne furent que Fêtes & que jeux; la nouveauté de cet engagement, le plaisir d'avoir un homme en sa disposition, & de passer des nuits entre ses bras flata les Méonides; elles parurent satisfaites: les commencemens de toutes les sociétés & de toutes les alliances ſont toujours charmans.

Pendant que ces nouveaux époux, charmés l'un de l'autre, commençoient à goûter les premieres douceurs de la ſociété dans le ſein de la paix la plus profonde, Ichménis partit avec les Egyptiens pour leur procurer un ſort ſemblable; ſans doute que ſes amis ne tinrent pas mieux que leur chef contre les charmes des Méonides qu'ils quittoient; après avoir marché quelques jours ſans faire de nouvelles découvertes, ils revinrent ſur leurs pas pour prier les barbares de leur ſervir de guides.

Ichménis quittant ſes amis fut deſcendre à ſon ordinaire chez

Vlipf, jeune Sauvage, pour qui il avoit conçu une amitié fort étroite ; il avoit choisi son habitation parce qu'elle étoit située dans des Rochers inaccessibles, à travers lesquels un bois planté en labyrinthe en cachoit l'entrée, & déroboit entierement une petite plaine charmante, sur le sein de laquelle s'élevoient quelques Cabanes. La premiere personne qui s'offrit à la vuë d'Ichméais, fut l'aimable épouse de son ami fondante en larmes, qui du plus loin qu'elle apperçut l'homme du Soleil, courut à lui dans un trouble si grand que la voix lui manqua ; enfin revenuë à elle, elle lui tint à peu de choses près ce discours, interrompu cent fois par des ſoupirs & des pleurs.

« Ah ! Seigneur, pourquoi nous » abandonnez-vous ? Vous avez » perdu le fruit de vos peines, » il ne reſte plus ici de femmes » que moi, encore ne m'y retrou- » vez-vous qu'à cauſe de la ſitua- » tion avantageuſe & de l'entrée » ſecrete de cette retraite ; nous » jouiſſions toutes avec les hom- » mes que vous nous avez donnés, » des charmes de la ſociété, trou- » vant nos plaiſirs dans l'accom- » pliſſement des devoirs que vous » nous aviez impoſés.

» Ces heureux commencemens » ſembloient nous promettre, du » moins à moi, une félicité par- » faite, quand une troupe de fem- » mes eſt venuë pendant la nuit

» troubler notre bonheur, cou» rant comme des furies d'habi» tation en habitation, qui mal» heureusement sont fort éloi» gnées, elles n'ont pas laissé aux » hommes le tems de se rassem» bler.

» Jalouses sans doute de ne plus » les voir autour de leurs Caba» nes, elles osoient crier par tout » à haute voix qu'ils étoient tous » des monstres, sans même vous » épargner, Seigneur, & mes trop » crédules compagnes les ont sui» vies avec joie.

» Nos époux réünis par le jour » ont volé sur leur pas, mon cher » Vlipf est parti avec eux; trem» blant que la disette de femme » ne le force à me mettre en

» commun ; jugez, Seigneur, si » j'ai sujet de répandre des lar- » mes. »

Ichménis persuadé que cet événement étoit déja un effet des ménaces de la furieuse Namine, consola Hobelie.

Vlipf qui arriva sur ces entrefaites, acheva de dissiper par sa présence la mélancolie de sa chere épouse, & courut à l'homme du Soleil, à qui il répéta ce qu'il venoit d'apprendre, ajoûtant qu'il avoit parcouru toutes les Forêts voisines sans rencontrer une seule femme, & qu'il croyoit qu'elles avoient entiérement abandonné cette contrée.

Ichménis consterné de cet événement qui ruinoit ses projets, ne ſçavoit quel remede y apporter, & Vlipſ les yeux fixés ſur ſa compagne, lui faiſoit connoître par ſes triſtes regards, la crainte où il étoit de ſe la voir enlever; la tendre Hobélie agitée de la même frayeur, releva tout à coup leur eſpérance. « Je » ſçais un ſecret, leur dit-elle, » capable de réparer promptement toutes vos pertes & au-» delà; mais hélas! j'ai promis à » la Lune de ne le découvrir ja-» mais. Le Soleil vous releve de » ce ſerment, interrompit Ich-» ménis, d'un air d'autorité, par-» lez, il vous l'ordonne.

Hobélie ne ſe fit pas répéter deux fois, ce ſecret lui coûtoit trop à garder.

« Seigneur, lui dit-elle, c'eſt un » uſage parmi nous de renfermer » toutes nos jeunes filles juſqu'à » l'âge de quinze ans dans des en- » droits ſecrets, dont la ſituation » avantageuſe les met à l'abri des » recherches des hommes, de » crainte que les trouvant ſi jeu- » nes, il ne les enlevent, & ne » les accoûtument à vivre parmi » eux, ce que nous imaginons dé- » plaire à la Lune.

» C'eſt dans ces lieux retirés, » que confiées à la garde des vieil- » les Méonides, qui leur deffen- » dent de ne jamais ſuivre les » hommes, elles attendent l'âge » qui leur permet de courir en » liberté au gré de leur caprice, » & de ſe bâtir des Cabanes ſé-

» parées, où elles vivent d'ordi-
» naire deux ou trois enſemble.

» Je ſortois pour la premiere
» fois de ma vie de cette retraite
» quand mon cher Vlipf me ſur-
» prit dans la Forêt.

En prononçant ces derniers mots, elle lui jetta un tendre regard, qu'il lui rendit auſſi-tôt, pour lui témoigner la joie qu'il reſſentoit d'apprendre qu'il étoit le premier homme qui avoit eu le bonheur d'obtenir ſes faveurs.

Ichménis ordonna aux Sauvages d'aller chercher leurs épouſes & de les ramener ſous leurs Cabanes qu'il leur fit ceindre d'un foſſé, & conduiſit ſes compatriotes, dans l'habitation ſecrete où l'on élevoit les jeunes Méonides.

Les Egyptiens charmés de cette découverte, le ſuivirent pleins d'eſpérance, ayant Hobélie à leur tête; elle les mena au pied d'une montagne eſcarpée, d'une hauteur ſurprenante, & leur montrant un rocher qu'elle leur dit de rouler, ils découvrirent une eſpece de caverne dont l'obſcurité rendoit l'entrée affreuſe.

Hobélie avança la premiere à travers les ténébres qui régnoient dans ces lieux; Ichménis & Vlipſ bien accompagnés la ſuivirent; après avoir marché quelque tems ils entrevirent un rayon de lumiere, & bientôt le grand jour vint fraper leurs yeux; ils découvrirent une petite plaine, environnée d'arbres fruitiers, aux pieds desquels étoient des Cabanes couvertes de gazon, où se jouoient de jeunes filles de tout âge.

Ichménis fit arrêter un moment sa troupe pour examiner à loisir cette jeunesse aimable qui n'avoit encore vu de l'Univers que le court espace de terrein qu'elle avoit à parcourir.

Au premier signal qu'Ichménis donna aux siens, ils se répandirent dans cette petite plaine enchantée, la fléche partie de l'arc n'est pas plus prompte à atteindre le but; les vieilles surveillantes crierent en vain, fuyez, ce sont des hommes; les jeunes ne les trouvant pas des monstres si affreux se tenoient à l'entrée de leurs Cabanes ; mais leur surprise fut extrême quand elles se virent attachées par le corps, elles pleurerent, les vieilles vinrent inutilement au secours, toutes ces jeunes filles furent enlevées, & liées deux à deux, marcherent en cet ordre au milieu de leurs vainqueurs.

Ichménis craignant que les Sauvages qui étoient en grand nombre, n'ayant pu trouver leurs femmes ne leur enlevassent ces jeunes Méonides sur la route ; il ordonna à ses amis de rester dans cette retraite jusqu'à ce que les habitans de cette contrée eussent repris leurs épouses.

Il fit ensuite le dénombrement de ces jeunes beautés, cinquante étoient d'un âge à pouvoir combler les desirs des hommes, trente promettoient de ne les pas faire languir long-tems, & environ vingt ne faisoient que commencer à sentir qu'elles étoient filles.

Quoiqu'Hobélie n'eût que quinze à seize ans, étant la plus âgée, elle fut instituée gouvernante de cette jeunesse; moins rigide que les vieilles surveillantes, qui ordonnoient à ces jeunes enfans de fuir les hommes, elle leur prêchoit une morale toute contraire, & les leur peignoit avec des traits si charmans qu'il n'en étoit pas une qui n'aspirât au bonheur d'en avoir un.

Hobélie fit aux plus âgées

le plus beau diſcours du monde ſur la néceſſité d'aimer les hommes, & leur dit des choſes les plus capables de faire impreſſion ſur de jeunes cœurs, qui ont un penchant ſi naturel aux attraits de la volupté.

Ichménis permit enſuite aux Egyptiens de ſe choiſir des épouſes, leur ordonnant de les reſpecter juſqu'à ce qu'arrivés à la nouvelle Memphis, on les ait unis par les liens ſacrés du mariage ; tous le promirent, & il faut croire qu'ils tinrent leur promeſſe.

Le fils de Ramaſſes retourna enſuite avec Vlipf & Hobélie, ſçavoir ſi les Sauvages qui avoient été chercher les femmes, les avoient rejointes.

Ils avoient presque tous été assez heureux pour les ramener : dans la crainte de les perdre encore, ils les laisserent dans le bois sacré, où ils leur construisirent des Cabanes, & dresserent les leur en dehors autour du fossé.

Ichménis, qui connoissoit les hommes pour irriter les desirs de ces Sauvages, qui se seroient bientôt éteints par une jouissance sans obstacle, & rendre leur bonheur plus durable, imagina des cérémonies mystérieuses ; d'abord ce n'étoit qu'à une certaine heure marquée que le commerce des femmes étoit permis, tous les jours dès le lever du Soleil, les Sauvages & les Méonides, chacun de leur côté formoient des danſes & des jeux, qui finiſſoient chez les hommes par lancer une fléche contre un certain but; ceux qui ne pouvoient l'atteindre étoient privés pour cette fois du voyage amoureux, & de leur Cabane regardoient triſtement leur épouſe, tandis que leurs heureux compagnons paſſoient le foſſé plein de joie à la vuë des Méonides, qui du bord oppoſé leur jettoient des planches.

Un homme étoit obligé de retourner ſur ſes pas, quand ſon épouſe par quelque ſujet de mécontentement ne lui faiſoit pas cette faveur; mais étoit-il paſſé ſon bonheur étoit aſſuré, les bras entrelaſſés les uns dans les autres ils alloient alors ſe prodiguer les plus douces careſſes.

Les hommes ne demeuroient avec leurs femmes qu'environ une heure; ce tems leur paroiſſoit court; plus long, il eût ennuyé; ils partoient tous à un certain ſignal que donnoit Vlipf.

Il falloit bien amuſer ces pauvres Sauvages à quelque choſe; toute leur occupation étoit de viſiter leur femme, & d'aller à la chaſſe pour vivre; l'ambition ne déchiroit pas encore le cœur de ces premiers François, & la miſere ne les engageoit à aucun travail pénible.

Point de nombreux domeſtiques à payer, point d'équipages à ſoûtenir, de ſomptueux repas

à

à donner, de bâtimens ſuperbes à réparer, de longs voyages à faire, point de femmes eſclaves des modes à entretenir de mille colifichets que le caprice invente, & détruit chaque jour; elles alloient nuës, & ſans dépenſes étoient bien auſſi piquantes que nos jeunes coquettes; tout le monde étoit égal & ne déſirant rien, ne manquoit de rien.

On ne s'imaginoit pas alors qu'il faudroit un jour pluſieurs hommes pour remplir les beſoins d'un ſeul; partout où l'on chaſſoit, l'on étoit ſur ſes terres, ce noble exercice fourniſſoit dequoi ſe couvrir pendant l'hiver, les caves n'étoient pas pleines de vins étrangers, qu'il falloit faire venir à grands frais des extrémités du monde ; une claire fontaine étoit leur ſellier ordinaire, ſon onde toujours abondante, prodiguoit à ces peuples dequoi ſatisfaire leur ſoif ; on ne buvoit que pour ſe déſaltérer, comme on ne mangeoit que pour réparer ſes forces, & non pour les détruire.

Ichménis leur laiſſa entierement ignorer tout ce qui ne pouvoit pas contribuer à les rendre heureux ; il ne leur apprit que l'uſage du feu, de la chair des animaux, & l'art de ſe conſtruire des demeures plus ſolides & plus commodes que les leur ; il leur ordonna auſſi de ſe ſaiſir de tous les animaux les plus amis de l'homme : bientôt les plaines voisines parurent couvertes de troupeaux de bœufs, & de moutons, obéïssans à la baguette & à la voix d'un enfant qui les conduisoit.

Cette paix profonde ne fut pas de longue durée ; la vindicative Namine troubla bientôt les charmes de cette societé, en enlevant celui qui en étoit l'auteur.

De dessus une éminence voisine, attentive à toutes les démarches d'Ichménis, elle ne le perdit pas de vuë un seul instant ; l'appercevant qui retournoit seul auprès des Egyptiens, bien accompagnée elle vola sur les pas de son ennemi, & le surprit si adroitement dans un chemin fort étroit, que sans lui donner le tems de se servir de ses armes qui lui furent enlevées, elle le fit conduire sur un rocher que la nature avoit élevé d'une hauteur terrible en forme de terrasse, sur les extrémités d'une montagne, où l'on ne pouvoit monter que par un seul endroit qu'elle fit garder avec soin.

Ce fut là qu'Ichménis livré à tout le ressentiment de Namine, éprouva jusqu'où peut aller la vengeance d'une femme, & d'une amante outragée; quatre Méonides des plus robustes le dépouillerent inhumainement de tous ses habits, le lierent à un arbre, & l'abandonnerent à ses réfléxions.

Cet infortuné demeuré il en cet état, rougit de ſa nudité, & promenant ſes triſtes regards dans les lieux qui l'environnoient, il ne vit que des précipices effrayans, dont ſa foible vuë ne pouvoit ſonder la profondeur; préſage preſque certain du malheureux ſort auquel il ne doutoit pas qu'il ne fût deſtiné; il ſe rappelloit en frémiſſant les ménaces terribles que Namine lui avoit faites.

Chere Sybarie, ſe diſoit-il en lui-même, vous allez être vengée d'un époux infidele; ces précipices affreux vont lui ſervir de tombeau; vous ne reverrez plus l'ingrat qui a oſé vous oublier un moment; non je n'attendrai point que la cruelle Namine jouisse de son triomphe en ordonnant mon supplice ; puisque je dois périr, & que ce jour est sans doute le dernier de ma vie, c'est à vous, Sybarie, que je veux l'immoler moi-même ; je vous en fais le sacrifice.

En prononçant ces dernieres paroles, il fit des efforts inutiles pour se débarasser & finir une vie que ces tristes réfléxions rendoient pleine d'amertume ; mais aussi-tôt la furieuse Namine, s'appercevant du dessein de l'Egyptien, s'y opposa.

« Arrête perfide, lui crià-t-el- » le, outre ma vengeance parti- » culiere, j'ai encore celle de mes » Compagnes à poursuivre : tu

» nous a privées du commerce » des hommes, il faut que tu » nous en tienne lieu; quel plaisir » pour moi de t'arracher à celle » à qui tu m'a sacrifiée, & de te » voir dans mes bras malgré elle » & malgré toi-même.

» Attaché sur ce rocher tu y » seras sans cesse exposé aux ca- » resses de toutes ces jeunes beau- » tés que tu vois, elles seront les » instrumens de tous les suppli- » ces que je te destine.

Le sage Ichménis frémit en levant les yeux au Ciel; qui n'auroit pas tremblé à ces ménaces terribles! Namine portant ensuite la parole aux aimables Méonides qui l'environnoient :

« Voilà, leur dit-elle, l'auteur » de vos ennuis & des miens, » celles d'entre vous dont cet » étranger ne comblera pas les » vœux avec toute la vivacité » dont je le ſçais capable, pourront » inventer pour s'en venger quel » ſupplice elles jugeront à propos, » même le précipiter du haut de » ce rocher.

Le fils de Ramaſſes promenant ces regards languiſſans ſur toutes ces jeunes & charmantes ennemies, lut dans leurs yeux que ce n'étoit pas à ſa vie qu'elles en vouloient, & que s'il avoit le malheur de la perdre, ce ſeroit au milieu des tourmens les plus doux; il leur dit que puiſqu'elles le jugeoient coupable, il falloit bien se soumettre à ce que leur justice éxigeoit de lui ; quelle générosité ! Quelle fermeté de courage ! Quel supplice affreux, pour un jeune homme d'environ trente-ans !

Ichménis lié sur un lit de gazon, attendoit en cette attitude le coup qu'on lui alloit porter, & les yeux tournés vers le Ciel, le prenoit à témoin de son innocence, & des violences qu'on alloit lui faire.

Namine par un discours très-patétique, exhorta le criminel à prendre ses maux en patience, puis se précipitant sur lui avec toute la fureur dont elle étoit capable, lui arracha des plaisirs qu'elle eût bien voulu qu'il ne partageât pas avec elle.

C'étoit-là chose impossible ; le dépit & la fureur avec laquelle elle les éxigeoit, lui donnant de nouvelles graces empêchoit l'effet de sa vengeance, & plongea enfin Ichménis dans une yvresse de volupté, qui lui fit dire à son ennemie qu'elle le rendoit le plus heureux des hommes, & qu'il seroit au désespoir de n'être pas coupable.

Il échapa ce mot ; Namine furieuse l'accabla de reproches, & après mille caresses nouvelles, & mille baisers qu'elle lui prodiguoit, malgré elle, elle l'abandonna à ses amies, que tant de colere commençoit à lasser.

Cette exécution dura une partie du jour; quand les forces du malheureux Ichménis commencerent à diminuer, par la derniere des barbaries, ces femmes n'omirent rien pour le rétablir, & le mettre en état de souffrir de nouveaux supplices, fruits excellens, tendres regards, caresses, transports, rien ne fut oublié; peut-on pousser la cruauté plus loin! il n'en mourut cependant pas.

Comme les Méonides bien ou mal satisfaites, retournoient dans leurs Cabanes, Ichménis demeura seul avec Crisée, jeune fille parvenuë depuis quelques jours à cet âge heureux qui permettoit le commerce des hommes.

Cette belle qui n'avoit pas encore fait uſage de ſa liberté, ſe mit à pleurer à la vuë de l'état déplorable dans lequel elle vit ce jeune étranger.

« Hélas! lui dit-elle en ſoupirant, j'eſpérois qu'aujourd'hui » je connoîtrois enfin les hommes, & les plaiſirs qu'on dit » qu'ils procurent; mais mes » compagnes qui vous quittent » déſeſperées, m'annoncent que » je ne ſerai pas plus heureuſe » qu'elles.

Il étoit en effet impoſſible de combler le moindre des vœux de cette belle enfant; de tous les ſens on ne pouvoit que foiblement ſatisfaire ſa vuë; Criſée le quitta donc comme les autres, dans l'eſpérance que le lendemain elle ſeroit plus contente.

Elle ne fut pas plutôt ſortie que les quatre vieilles vinrent délier le criminel, ſelon l'ordre qu'elles en avoient reçu ; elles voulurent encore inutilement en tirer partie par des careſſes qu'Ichménis fut obligé de ſouffrir pour avoir la liberté, car il étoit dans un état violent.

Le lendemain l'homme du Soleil repréſenta humblement, que ſi on vouloit ne pas le lier peut-être auroit-on plus ſujet d'être content de lui, promettant de ſatisfaire à la juſtice de la meilleure foi du monde.

Il fut libre ce jour-là ſur ſa parole, & il fut honnête homme ; celles qui n'avoient pas eu lieu d'être ſatisfaites la veille, eſpéroient commencer la fête, & cela étoit juſte; Criſée ſur-tout s'y attendoit avec un doux frémiſſement, avant-coureur des plaiſirs qu'elle n'avoit pas encore éprouvés; mais Namine ſe mettant ſur ſon lit de gazon, d'un ton impérieux, ordonna au coupable de commencer ſon ſupplice.

On ſuivit le même ordre que la veille, la pauvre Criſée comme la plus jeune ſe trouva encore la derniere; demeurée ſeule avec Ichménis hors de combat, elle s'abandonna aux larmes, s'emporta contre ſes compagnes, qui ſans pitié pour elle la laiſſoient languir dans l'attente d'un bonheur dont elles avoient déja jouis tant de fois; Namine ne fut pas épargnée, Crisée la traita d'injuste, d'insatiable.

Ichménis qui ne souhaitoit rien avec plus d'ardeur que de sortir des mains de ces cruelles Méonides, profita du ressentiment que cette jeune fille témoignoit contre ses compagnes, & la conjura dans les termes les plus tendres de finir son esclavage.

Crisée émuë de pitié, & se promettant une récompense honnête, le lui promit, à condition qu'il ne seroit pas ingrat : dans les pressantes nécessités il faut s'accommoder au tems.

L'Egyptien promit d'être reconnoissant, & Crisée secondée

par quelques mécontentes qu'elle mit dans ſon parti, fut pendant la nuit délivrer l'homme du Soleil.

A leur vuë le fils de Ramaſſes inſtruit de ce qu'on venoit faire en ſa faveur, ſe mit d'abord avec joie en devoir de les ſuivre, mais il fallut avant payer ſa rançon; c'eſt du moins ce que lui fit entendre Criſée en ſe mettant ſur le lit de gazon d'une façon parlante; Ichménis pour qui tous les momens étoient précieux n'oſa reculer.

Que j'aurois de plaiſir à peindre une jeune fille charmante, qui fait violence à un homme aimable, le force à prodiguer des plaiſirs qu'il croit deffendus,

& aufquels il fe livre enfin avec joie.

Peut-être mes Lecteurs auroient-ils été charmés de voir Ichménis chercher à s'échaper des bras de la tendre Crifée, & la ferrer un moment après dans les fiens, lui prodiguer mille careffes, & lui reprocher celles qu'il en reçoit.

Que cette fituation feroit favorable pour la plume d'un Auteur, qui aimeroit à s'arrêter fur ces endroits voluptueux ; mais la mienne qui s'eft dévouée à l'hiftoire & à la vérité des faits, fe refufe ce plaifir.

Je dirai feulement que fi plus un bonheur coûte à acquérir, plus il eft charmant quand il nous vient contre toutes eſpérances : on doit conclure que Criſée goûta pour la premiere fois de ſa vie le plaiſir d'être née & d'être née femme.

Qu'on ſe repréſente une jeune roſe qui n'attend pour s'épanouir que le lever du Soleil, avec quel plaiſir n'en reçoit-elle pas les douces impreſſions ? Sa chaleur la pénétre, & va juſques dans ſes racines porter le plaiſir & la vie, toutes ſes feuilles s'épanouiſſent avec grace, & ſe couvrent d'un coloris charmant.

Telle eſt à peu près l'impreſſion que fait la vuë d'un jeune homme ſur le cœur d'une jeune Méonide ; c'eſt pour elle un Soleil qui commence à lui faire ſentir ce qu'elle eſt, & l'on peut dire qu'une femme ne commence à connoître ſon prix que quand elle juge du bonheur qu'elle eſt capable de procurer, par celui qu'elle éprouve elle-même.

C'eſt encore une choſe à décider parmi les ames délicates, ſi le plus grand plaiſir dont on jouiſſe en ces ſortes de rencontres, eſt celui qu'on reçoit ou l'idée de celui qu'on procure à l'objet aimé.

Ichménis quitte de toutes dettes envers ſes libératrices, fut conduit par des chemins détournés au pied de la montagne eſcarpée, qui lui ſervoit de priſon. Les trois jeunes Méonides qui lui rendirent ce ſervice, contentes de ſes façons polies, vouloient le garder dans une caverne pour l'y faire ſervir à leurs plaiſirs, lui promettant de ne l'y laiſſer manquer de rien; la propoſition étoit honnête, & plus d'un François de nos jours ne la refuſeroit pas; mais Ichménis leur repréſenta que n'avoir qu'un homme pour trois, ce ſeroit être mal partagées; il ajoûta en même-tems que ſi elles vouloient le ſuivre il leur en promettoit à chacune un, ſans ceſſe occupé du bonheur de ſatisfaire leurs deſirs.

Ce parti étoit trop avantageux dans un tems de diſette pour n'être pas accepté ſur le champ: ces Belles ſuivirent Ichménis avec joie ; quelle ſatisfaction pour lui de ſe voir délivré des mains des femmes cruelles, qui mettoient ſans ceſſe ſa vertu à de ſi rudes épreuves !

Avec quel plaiſir ne revit-il pas les Egyptiens, qui inquiets d'une ſi longue abſence, l'étoient venu chercher à l'habitation d'Vlipf, il embraſſa auſſi avec joie les Sauvages qu'il avoit raſſemblés ; le bonheur dont ils jouiſſoient étoit ſon ouvrage; pouvoit-il ne pas être flaté d'en être le témoin ?

Pour les habitans de la nouvelle Memphis, leur ſurpriſe fut extrême à la vuë de leur chef, dépouillé de ſes habits & ſuivi de trois filles nuës : ignorants le ſujet du reſſentiment de Namine, ils s'étoient imaginés que l'homme du Soleil en chaſſant, s'étoit égaré dans les bois ; dans cette perſuaſion ils venoient de l'y chercher, conduits par Vlipſ quand il s'offrit à leurs yeux ; la joie fut générale.

Après qu'Ichménis eut ſatisfait en partie leur curioſité, c'eſt-à-dire, ſans compromettre ſon honneur, car les Supérieurs n'ont jamais tort ; il les remercia de leur tendre amitié, & conduiſant Criſée avec ſes deux compagnes aux jeunes Sauvages qui n'étoient pas encore pourvus de femmes, elles en choiſirent chacune un, & paſſerent avec eux dans le bois ſacré, où ces trois mariages furent célébrés.

Pendant les Fêtes qui se donnoient à ce sujet, Namine parut tout à coup au milieu de l'assemblée avec plusieurs de ses compagnes qu'elle présenta aux Sauvages pour servir à leurs plaisirs.

Quelle vuë pour Ichménis qui connoissoit Namine, & dequoi elle étoit capable; quoique cette femme artificieuse affectât de ne le point distinguer des autres, il lui échapoit de tems en tems des regards mêlés de tendresse & de fureur, qu'il étoit aisé d'interpréter.

Comme chacun attendoit en silence qu'il répondît à cette Méonide; il lui permit de demeurer avec ſes amies, de crainte qu'un refus ne la portât à quelque nouvel excès de vengeance, ou à découvrir ce qu'il vouloit tenir caché.

On conduiſit au bois ſacré les nouvelles arrivées, pour y choiſir des époux, à l'exception de Namine qui refuſa d'y entrer, & qui demanda la liberté de vivre au milieu d'eux privée du commerce des hommes; il fallut bien qu'Ichménis à qui cette priere étoit ſuſpecte le lui accordât encore.

Mais ſe défiant de ſa propre foibleſſe & des charmes de cette belle, qui avoit déja deux fois triomphé de ſa vertu; en homme me ſage il réſolut d'abandonner pour jamais cette contrée ; car quoique Namine parût le fuir, elle ne le quittoit cependant pas de vuë, & cherchoit à le trouver ſeul, mais il évita toujours ſa rencontre.

Dès le lendemain il ſe diſpoſa à partir au grand regret des Sauvages, qui le regardoient, tout jeune qu'il étoit, comme leur pere commun. Les Méonides, à qui il fut faire ſes adieux, témoignerent leur douleur ; Vlif & Hobélie furent des plus ſenſibles à ce départ, qui coûta auſſi des larmes à l'aimable Criſée.

L'homme du Soleil touché de la tendre amitié de ces peuples, ler promit pour les conſoler, de revenir les voir dans peu, les exhorta à vivre en paix ſous la conduite d'Vlipf à qui il avoit fait part de ſes lumieres, & partit avec les ſiens les larmes aux yeux.

La vindicative Namine en répandit de colere, & par un regard furieux elle annonça à Ichménis que ſa fuite ne le mettoit pas à l'abri de ſes pourſuites, & ne le déroberoit pas à ſa vengeance.

Le fils de Ramaſſes fut rejoindre ſes Compatriotes qui étoient reſtés avec les jeunes Méonides dans la ſecrette habitation où Hobélie les avoit conduits, & l'on reprit le chemin de la nouvelle Memphis.

Rien n'étoit ſi charmant que cette marche ; la joie & l'amour brilloient ſur le viſage des hommes qui revenoient de la plus galante expédition qui ait ſans doute été faite juſqu'alors, & la ſurpriſe étoit peinte ſur celui des jeunes Sauvages ; ignorants où on les conduiſoit, elles ſuivoient à regret leurs raviſſeurs, qui leur faiſoient une douce violence.

Fin du II. Livre & de la I. Partie.

Pag. 74 lig. 1 répondirent, *liſ.* répandirent.

www.ingramcontent.com/pod-product-compliance
Ingram Content Group UK Ltd.
Pitfield, Milton Keynes, MK11 3LW, UK
UKHW031855260826
14628UKWH00002B/795

9 782329 610160